北軽井沢に消えた女

嬬恋とキャベツと死体

西村京太郎

JN075519

祥伝社文庫

目次

北軽井沢周辺図

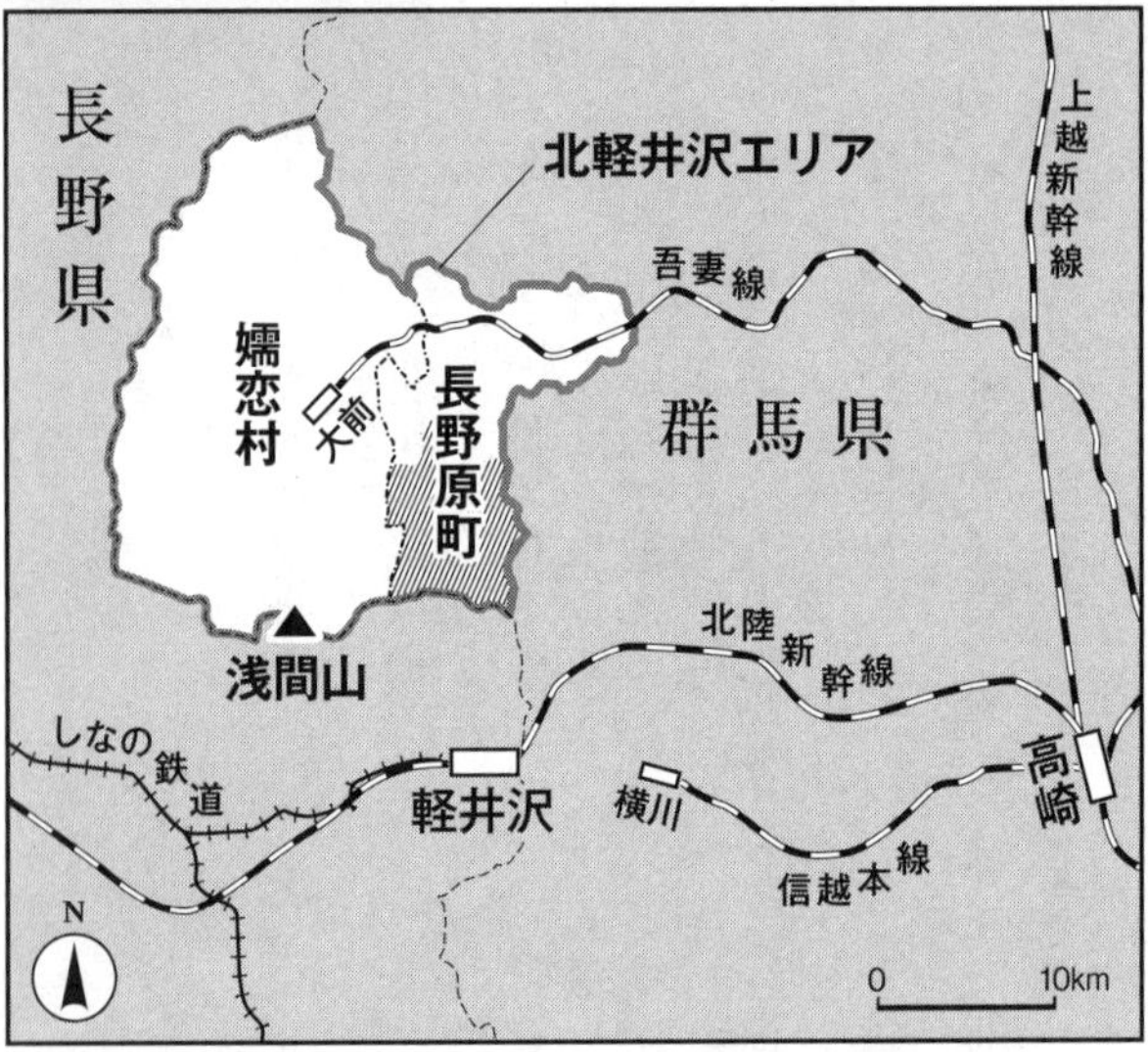

北軽井沢という地名は長野原町西南部の大字になるが、エリアの呼び方としては嬬恋村側を含む浅間山北麓のかなり広い範囲で使われている。

第一章　キャベツ畑で

1

群馬《ぐんま》県の嬬恋《つまごい》村役場に、最近、新人が二人入った。一人は、竹田清志《たけだきよし》、二十五歳。もう一人は、三木《みき》あずさ、二十四歳の二人である。

二人とも嬬恋村の生まれだが、幼いうちに嬬恋村を離れ、育ったのは、東京である。いわば、東京から帰ってきた、帰郷組といえるかもしれない。

この二人を、村長は、観光商工課特別係に任命した。

嬬恋村は、群馬県の、北西部に位置する、かなり大きな村である。

嬬恋の名前は、ヤマトタケルがこの地を訪れた時に、わが妻よと嘆《なげ》いたという伝説に基《もと》づき、昔言葉でいえば、「あづまはや」から来たといわれている。

観光的にも、恵まれており、名所・旧蹟《きゆうせき》にも事欠かない。万座《まんざ》温泉もある。すぐ近くには草津《くさつ》温泉もあるし、スキー場が多く、冬ともなれば、スキーヤーが、大勢集まってくる。

それなのに、なぜか、やって来る観光客の口から、嬬恋の名前が、聞こえてこないのである。

静岡《しずおか》県のつま恋コンサートの会場と間違えて、村役場に、コンサートの券を電話で頼んできたりする人間までいる。

嬬恋の印象が薄いのは、近くに位置する軽井沢《かるいざわ》のほうが、有名なせいもある。

正確には、軽井沢は長野《ながの》県北佐久《きたさく》郡軽井沢町のことで、北軽井沢は群馬県吾妻《あがつま》郡長《なが》野原《のはら》町の大字《おおあざ》。軽井沢の北に位置していることから、北軽井沢と称するようになった。西で嬬恋村鎌原《かんばら》と接しているため、嬬恋の一部も、北軽井沢と呼ばれている。

嬬恋村の関係者は、知名度の低さを知るたびに切歯扼腕《せっしやくわん》し、何とかして、嬬恋村を人気観光地にしようと考えた。そこで、村長が、東京帰りの新人二人を、七月の配属で、観光商工課の特別係に、任命したのである。新鮮な目で、郷里嬬恋村を見つめ直してもらおうというのである。

二人はまず、群馬県の大きな地図を机の上に広げた。

二人は、自然に、北軽井沢の名前に目をやった。地図で見ると、北軽井沢の一部が、嬬恋村に接している。

というよりも、北軽井沢と呼ばれるエリアの半分は、嬬恋村なのである。それなのに、地図の上では、北軽井沢の文字は、長野原町にある。

次に二人は観光案内も見た。例《たと》えば、「ホテルホワイトハイランド軽井沢」というホテルの説明書きを見ると、

〈ゴルフやテニスなどの各種のスポーツ施設も充実している。北欧にいるような気分になれる赤い屋根と白壁の建物が、緑深い高原の中で映《は》えている。ロビーは二十メートルの吹き抜けになっていて、開放感がある。和洋室がメインでメゾネットタイプの客室も用意されている。日帰り入浴可能な露天風呂もある〉

と、あるのだが、その住所を見ると、嬬恋村大前細原《おおまえほそはら》となっているのだ。

「ログハウス・イン・アップル北軽井沢」というのもある。ここは、カナダから輸入したアメリカスギで造った、本格的なログハウスの宿というのが売り物だが、このホテルもまた、嬬恋村鎌原湯本《ゆもと》が住所である。

さらに「じゃがハウス」というペンションもある。説明書きには、

〈北軽井沢で採《と》れた、新鮮なジャガイモを使った料理が楽しめる。ひき肉とジャガイ

モの重ね焼き、ポテトピザなどが評判。チーズがとろけたアツアツの味わいが有名〉とあるが、ここもまた、住所は、同じように嬬恋村鎌原である。

となれば、北軽井沢で採れた、新鮮なジャガイモといっているが、実際には、嬬恋村で採れるジャガイモだろう。

「何なの、これは？」

あずさが、目をむいた。

「この『ホテルホワイトハイランド軽井沢』は、北欧にいるような気分になれるホテルだって書いてあるけど、住所は、軽井沢なんかじゃなくて嬬恋村じゃないの。正確にいえば、『ホテルホワイトハイランド嬬恋』だわ。すぐに、このホテルにかけ合って、名前を変えさせましょうよ」

竹田は、うなずいて、

「そういう例は、ここだけじゃない。ほかにもたくさんあるよ。おまけに嬬恋村で採れるジャガイモまで、北軽井沢のジャガイモと書いてあるじゃないか。君の主張を採り入れるなら、この『じゃがハウス』だって、北軽井沢とは書かずに、嬬恋村と書くべきなんだ」

「この地図にある『ログハウス・イン・アップル北軽井沢』だって、嬬恋村鎌原湯本と書いてあるわ。とにかく、こういうのは、全部軽井沢を取って、代わりに『ホテル嬬恋』とか『嬬恋ログハウス』と、嬬恋の名前を書くべきだと思うわ」

と、あずさが、いった。

二人は、そのことを、伝えようと、地図を持って、観光商工課の高木《たかぎ》課長のところに行った。

あずさが、いくつかの例を挙《あ》げながら説明する。

課長が、苦笑して、

「たしかに課長の私にしても、嬬恋村に建っているホテルには、軽井沢という名称ではなくて、きちんと、嬬恋という名前を付けてほしいと、思っている。それがなかなかうまくいかないんだ。ただ、君たちは、若いから、何とかしてくれるんじゃないかと、期待しているんだよ。ほかにも、何か考えついたことがあったら、私のところに、持ってきてくれ」

と、いった。

2

二人は、村役場の軽自動車を借りて、嬬恋村を一周してみることにした。生まれたのは、嬬恋村だが、物心がつくとすぐ、東京での生活に、変わってしまったので、実際の嬬恋村の生活を、自分たちの目で、確かめようと思ったのである。

嬬恋村は、平均標高が千メートルの高原であり、高原野菜で有名である。キャベツは、日本一の生産高を誇り、ほかに、ジャガイモ、トウモロコシ、レタスなどの栽培《さいばい》が、盛んである。

車で走っているうちに、目の前に、広大なキャベツ畑が見えてきた。

竹田が、車を停《と》めて、

「さすがに、日本一といわれるだけのことはあるね。たしかにすごい」

と、盛んに、感心している。

収穫されたキャベツが、農協の倉庫へ運ばれていく。

ほかにも、ジャガイモ畑がある。

竹田は、ジャガイモ畑のほうに、車を移動させた。

あずさが、まださっきの続きで、

「例の『じゃがハウス』というペンションの宣伝文句は、一刻も早く改めさせましょうよ。北軽井沢で採れた新鮮なジャガイモというのは、どう見たって、間違いだわ。あれは、嬬恋村で採れた新鮮なジャガイモと書くべきだわ」

「そうだな。そうしたことを、全部書いて、明日、課長に、見せようじゃないか」

と、竹田が、いった。

再び、キャベツ畑に戻る。ちょうど、収穫の最中だった。

「私も手伝ってくる」

あずさは、車から降りると、畑の中にいる三人の村人たちに教わって、キャベツと、格闘を始めた。

竹田は、それを車の中から見ていて、

（平和だなあ）

と、思いながら、ため息をついた。

現在、嬬恋村では、キャベツの収穫の最盛期である。

嬬恋の名前の由来が、ヤマトタケルが、愛妻を偲《しの》んで口にしたというところから、村役場では今、嬬恋を愛妻家の聖地として、売り出そうとしていた。そのポスターも、すでに出来上がっている。

そこには「キャベツ畑の中心で妻に愛を叫ぶ」と、書かれている。嬬恋とキャベツの両方をポスターにしたわけだが、それだけでは、観光としては、どうしても寂《さび》しい。

その時、突然、キャベツ畑にいたあずさが、ものすごい悲鳴を、上げた。

竹田は、ちょうど、ポスターのことを考えていた時だったので、笑ってしまった。

（ポスターでは、キャベツ畑の中で、愛を叫ぶのは、女じゃなくて、男のほうなんだよ。何を血迷っているんだ？）

と、思ったのだが、あずさを見ていると、どうも様子がおかしかった。

あずさが、こちらに向かって、何かを叫んでいる。その叫んでいるあずさのそばに、キャベツの収穫をしていた三人の村人が、駆け寄っていく。

そのうちに、その三人までもが、こちらに向かって、何かを叫び始めた。

3

竹田は、車から降りると、彼女に向かって、走っていった。

そばまで行くと、あずさが、震える声で、
「人が死んでいる」
と、いった。
何しろ、キャベツ畑の中である。竹田は、とっさには、あずさが、何をいっている
のかが聞き取れなくて、
「何だって？　人がどうしたって？」
大声で、きき返した。
「死んでいるのよ。人が死んでいるの」
あずさの声が、震えながらも、次第に大きくなっていく。
そのうちに、三人の村人も、口々に、
「すぐに、警察を呼んでください。キャベツ畑の中に、死体が、埋められているんで
すよ」
と、いった。
竹田は、あずさが指し示す方向に、目をやった。
そこに見えたのは、何とも異様な光景だった。キャベツの中に、人の頭が見えてい
るのである。

緑色の帽子をかぶった、女性の首だった。

そのために、ほかのキャベツとは、区別がつきにくく、あずさは、畑の中に、埋まっている女性の首に、手をかけようとしたらしい。

そして、死体の頭だと、気がついて、悲鳴を上げたのだ。

竹田は、すぐ車に戻ると、村役場に電話をかけた。

「キャベツ畑の中に、女性の死体が、埋まっているのを、見つけました。すぐ警察に、連絡をお願いします」

と、竹田が、いった。
十五、六分して、群馬県警のパトカーが二台、現場に、急行してきた。
パトカーから降りてきた刑事たちは、埋まっている死体の周辺を観察し、写真をとったりしてから、スコップを使って、掘り出す作業にかかった。

竹田とあずさ、それに、三人の村人は、遠巻きにして、刑事たちの作業を見守っていた。

一時間余りかかって、掘り出されたのは、裸の女性の死体だった。

女性は、キャベツ畑の中に、座った形で埋められていた。

刑事の一人が、あずさに、死体を発見した時の状況を、きいた。

一時間余りも、経《た》っているのに、あずさの顔は、まだ、青ざめている。キャベツだと思って、人間の頭を押さえて、引き抜こうとした。それが、死体だと気がついた時の恐怖を、あずさは、一所懸命、刑事に、しゃべっている。

その後、刑事たちは、死体を収納袋に入れ、車に積んで、引き揚《あ》げていった。

4

竹田とあずさは、村役場に戻ると、村長に報告した。

ここでも、あずさが、死体に触《さわ》ってしまった時の、驚きと恐怖を、村長に、一所懸命、説明した。

「あれは、間違いなく殺人です。事故死とか、自殺じゃありません」

と、あずさが、いう。

「どうして、君は、殺人だと、いい切れるんだ?」

「あの女性は、裸で埋められていたんです。自分から、あんな姿で、畑の中に埋まる人は、いませんから、間違いなく殺人ですよ。誰かが、あそこに、昨夜のうちに埋めたんです」

と、あずさが、いう。

「そうか、殺人か」

村長が、ため息を、ついた。

「これで、ますます、わが嬬恋村は、観光客から敬遠されて、人気が、なくなってしまうかもしれんな」

「いや、そうは、思いませんよ」

竹田が、若さに任《まか》せて、自分の考えをいった。

「いやに、自信満々だが、君の考えを、聞かせてくれ」

村長が、きく。

「殺人事件ですから、新聞やテレビが、大きく、取り上げますよ。特に、キャベツ畑の中に、埋められていた、女性の死体です。それをキャベツと間違えて、首をつかんで引っ張ろうとした。そんなことは、滅多《めった》にない珍しい出来事だから、マスコミはこぞって取材に来ますし、発表すると、思うんです。間違いなく、嬬恋村が、目立つと思いますよ」

と、竹田が、いった。

竹田の予想は、ある意味、当たっていた。

翌日になると、朝早くから、テレビの中継車が二台、嬬恋村の、遺体発見現場に、やって来た。そのほか、新聞記者や、カメラマン、テレビのレポーターが、嬬恋村に、ドッと押し寄せてきて、三木あずさは、記者たちに、追いかけ回されることになった。

昼近くなると、群馬県警の捜査一課が、この事件の捜査状況を、発表した。

キャベツ畑に埋められていた女性は、現在のところ身元不明。身長百六十八センチ、体重五十四キロ。

県警捜査一課は、殺人と断定したのだ。

村長は、竹田とあずさの二人を部屋に呼ぶと、

「何とも、妙な具合に、なってしまったが、君たちの仕事は、今まで通り続けてくれ。竹田君は、村で殺人事件が起きたのだから、嬬恋村が、有名になるといったね？たしかに、新聞記者もやって来たし、テレビでも、放送された。君がいっていたように、事件のおかげで、嬬恋村の名前は、メディアに、大きく取り上げられた。それは間違いない。しかし、こんなものは、いつまでも、長続きするもんじゃない。だから、君たち二人には、観光の仕事を、今まで通り、続けてもらいたい。長い間使える観光資源を見つけてほしいんだよ。そうだな、今日は、これから、万座温泉に行って

きたまえ。あそこは間違いなく、嬬恋村の観光名所だからね」

と、いった。

5

二人は、軽自動車で万座温泉に向かった。

群馬県は、日本屈指《くっし》の、温泉県といえるだろう。草津《くさつ》をはじめとして、伊香保《いかほ》、四万《しま》、水上《みなかみ》など、別府《べっぷ》や湯布院《ゆふいん》のある大分《おおいた》県と並んで、人気のある温泉地の多い県として知られている。

万座温泉は、間違いなく、嬬恋村にあるし、周辺は、万座スキー場としても、有名である。

それなのに、なぜか、万座温泉と嬬恋村を、くっつけて話す人は、皆無《かいむ》に近いと、いってもいい。

「万座温泉は知っているが、嬬恋村にあることは、知らないんだ。それをもっと知ってもらいたいんだよ。今までもいろいろとやってはいるんだが、これが、なかなかうまくいかないんだ」

そういって、村長が、嘆《なげ》くのも、無理はなかった。

そんな中で、これから、竹田たちが訪ねていく、万座温泉の「嬬恋館」は、旅館の名前に、嬬恋を使ってくれている。

嬬恋館の女将《おかみ》も、今日は、キャベツ畑で見つかった、女性の死体のことに、夢中になっていた。

二人に、茶菓子を、ご馳走《ちそう》してくれながら、女将が、

「あなたが、いちばん最初に、死体を、見つけたんですってね？」

と、あずさに、きく。

あずさも、やっと、平静な表情になって、笑いながら、

「キャベツと間違えて、女性の首を、引き抜こうとしてしまったんです」

「怖《こわ》かったでしょう？」

「ええ、手が震えてしまって、どうにもなりませんでした」

あずさが、いった時、旅館の表に、一台のパトカーが、停まって、刑事が二人、中に入ってきた。

昨日、群馬県警から、キャベツ畑にやって来た、刑事たちのうちの二人である。向こうも、竹田とあずさのことを、覚えていて、あずさに、

「もう落ち着きましたか?」

と、声をかけ、女将に向かって、

「昨日、キャベツ畑で、見つかった、例のホトケさんなんですが、ひょっとすると、この旅館に泊まっていた、お客さんじゃありませんか?」

「でも、身元不明なんでしょう?」

女将が、きき返す。

「そうですが、何か手がかりがないかと思って、伊香保や草津などの旅館を、当たっているんですが、まだ見つかりません。それで、この万座に、来てみたんですが、どうですか? お宅の泊まり客の中に、この女性、いませんか?」

そういって、刑事の一人が、被害者の似顔絵を、女将に見せた。

その似顔絵を、チラッと見た後で、

「たしかに、うちにお泊まりになっていたお客さんに、よく、似ていますよ」

女将は、いい、宿泊者名簿を持ってきて、刑事の前に開いて見せた。

そこには、昨日チェックアウトした二人の客の名前があった。中野由美《なかのゆみ》と上田幸男《うえだゆきお》という名前である。住所は、中野由美のほうは、東京都世田谷区《せたがや》、上田幸男のほうは、東京都中野《なかの》区になっていた。

年齢は、中野由美が三十歳、上田幸男は、三十五歳と書いてあるが、どちらも本当かどうかは分からない。

泊まっていたのは、一週間前からで、昨日、二人とも、早朝にチェックアウトしていったという。

「この中野由美という人が、被害者の似顔絵に、似ているんですね？　間違いありませんか？」

刑事の一人が、念を押した。

「ええ、似ているか、似ていないかということだけでいえば、よく、似ていますよ。私が今、刑事さんに、いえるのは、それだけですけど」

女将が、慎重に、いった。

「部屋は、別のようですね？」

「そうなんです。二部屋予約なさっています」

「部屋を予約したのは、二人のどちらですか？」

「女性の、中野由美さんのほうです。電話で予約をいただいて、一週間前から一昨日《おととい》まで、お泊まりになっていらっしゃいました」

「この二人は、こちらでは、どんな感じでしたか？」

「どんな感じといわれても、いちいち見張っていたわけでは、ありませんから、分かりませんが、食事をしている時などは、ごく普通でしたよ」

とだけ、女将が、いった。

「ケンカをしていたということは、ありませんでしたか？」

「それも、分かりません。でも、チェックアウトされる時は、お二人とも、ニコニコ笑っていて、ケンカを、していたとか、何か仲違《なかたが》いをしていたとか、そんな様子は、全く、ありませんでしたよ。男の方が、車を呼んでくれとおっしゃったので、タクシーをお呼びしたんですけど、仲良く、乗っていかれましたよ」

と、女将が、いった。

チェックアウトした時の、二人の服装や、乗ったというタクシー会社の名前を聞いてから、二人の刑事は、女将に、礼をいって、帰っていった。

刑事が帰った後、あずさが、女将に向かって、

「女将さんは、本当は、この二人について、ほかにも、いろいろと、ご存じなんじゃありませんか？　刑事さんには、何も知らないみたいに、おっしゃってましたけど」

と、きいた。

女将は、笑って、

「まだ、どんな事件なのか、分からないので、立ち入ったことは、いえませんよ。うちにお泊まりいただいた、大事なお客さんなんですからね」

「殺された女性ですが、キャベツ畑には、裸で、埋められていたんです。チェックアウトした時には、どんな服装を、していたんですか？」

と、竹田が、きいた。嬬恋村にとっても、大事なお客さまなのだ。

「夏らしい軽装で、帽子をかぶって、そう、ハンドバッグを、持っていらっしゃいましたけど、あれはシャネルでしたね。シャネルの白いハンドバッグ」

女将が、教えてくれた。

竹田とあずさは、女将が話したことを、手帳に、書き留《と》めていった。宿泊人名簿に書かれていた住所もである。

「どうして、そんなことまで、書くんですか？　あなた方は、村役場の人で、警察の人じゃないでしょう？」

女将が、眉《まゆ》を寄せる。

「僕たちは、新人で、嬬恋村を、もっと宣伝しろと、いわれているんです。軽井沢と同じような気候で、この万座温泉があって、冬場はスキーができて、ゴルフ場も、あります。それなのに、どうして、嬬恋村のことを、世の中の人が、知らないのか？

何とか宣伝して、観光客が、たくさん来るようにしろと、村長から命令されているんです。そんな時の殺人事件ですからね。ひょっとすると、これが、嬬恋村を宣伝する、いいチャンスになるのではないかと思って、それで、いろいろと、メモしているのです」

竹田が、いった。

「殺人事件が、村の観光に役立つんですか？」

女将が、首をかしげている。

「ええ、うまくやれば、宣伝になりますよ。殺された女性が、有名人なら一番いいんですけどね」

竹田が、いった。

「残念だけど、あなたが期待しているような、有名人じゃないみたいよ」

と、横から、あずさが、いった。

「でも、被害者が書いた住所だけど、あそこは、東京でも、お金持ちや、有名人が住んでいるところだよ」

と、竹田が、いった。

「あなた、たしか、竹田さんとおっしゃるのね？」

「そうです。僕が竹田清志で、こちらが、三木あずさです。二人とも嬬恋生まれで、東京育ちです。つまり、帰郷組です。それで、村長が僕たちを、観光商工課の特別係に任命したんですよ。今日は、その二日目です」

と、竹田が、いった。

宿泊者名簿によると、殺されたと思われる中野由美の住所は、東京都世田谷区成《せい》城《じょう》のコーポ成城三〇三であり、男の上田幸男、三十五歳のほうは、東京都中野区本《ほん》町《ちょう》十三丁目六十四である。

「この住所ですが、確認されましたか？」

竹田が、女将さんに、きいた。

「女性の住所は、間違いないと、思いますよ。電話の予約の後、こちらからも、電話をかけて、確認しましたから」

「男の人の住所は、どうですか？」

あずさが、きいた。

「そちらはデタラメ」

と、女将さんが、いう。

「どうして、デタラメと分かるのですか？」

「だって、そこには、東京都中野区本町十三丁目六十四と書いてあるでしょう？　でも、中野区本町には、調べたら、十三丁目なんてないんですよ。だから、おそらくデタラメね」

　と、女将さんが、笑った。

「この二人は、一週間、ここに、泊まっていたんでしょう？　毎日、何を、していたんですか？」

　竹田が、きく。彼も、あずさも、一所懸命だった。

「毎日、朝食を取ると、すぐに、どこかに、出かけていましたよ。レンタカーを、借りていて、帰りは、いつも、夕方に、なってましたね。暗くなってからだから、たぶん、七時くらいまでだったかしら」

「毎日、朝出かけて、夕方帰ってきたんですね？　二人は、いったい、何をしていたんでしょう？」

「それは、分かりませんけど、男の方は、大きなボストンバッグを持って、出かけていきました。その中味は、ひょっとすると、札束だったんじゃないかしら？」

　と、女将が、いう。

「どうして、そう思ったんですか？」

「ルームサービスの係が、ボストンバッグに触《さわ》ったら、ひどく怒られたんですよ。あれは、中味が高価なものとしか、思えませんでしたからね」

「どのくらいの大きさのボストンバッグだったんですか？」

「かなり大きな、ボストンバッグ」

女将は、手を、横に大きく広げてから、

「もし、ボストンバッグの中味が、札束だったら、少なくとも、一億円は、入っていたに違いありませんよ」

「しかし、札束かどうかは、分からないんでしょう？」

「ええ、分かりませんけどね、何となく、そんな気が、するんですよ」

「女性のほうは、どんな、様子でしたか？　女将さんから見て、何か、変わったところはありませんでしたか？」

あずさが、きく。

「いつも、二人で、一緒に出掛けていましたよ。一週間、たぶん、女性の免許証で、借りたんでしょうけど、レンタカーをずっと乗り回していましたね。だから、この万座の中じゃなくて、かなり遠くまで行っていたと思いますよ」

「ということは、嬬恋村の中を走り回っていたんでしょうか？」

と、竹田が、きいた。

「おそらく、そうだと、思いますよ。女性の方は、ボストンバッグは、持っていらっしゃいませんでしたけど、キャッシュカードを、持っていらっしゃったみたいで」

女将が、いう。

「どうして、キャッシュカードを持っていたと、分かるんですか？」

「うちのルームサービス係が、この女性にきかれたんですって。この近くで、キャッシュカードを、使えるところはないかって。だから、キャッシュカードを、持っていたんだろうと思いますよ」

6

竹田とあずさは、この日は、いったん、自宅に帰ってから、村役場の軽自動車で、嬬恋村の村内を走り回り、中野由美と上田幸男の二人が、何をしていたか、調べることにした。

キャベツ畑の殺人事件については、群馬県警が、調べるだろう。

竹田とあずさが、知りたかったのは、殺されたと思われる女性と連れの男が、いったい、何をしていたのかということだった。嬬恋村の観光に関係があるかもしれないのだ。

まず、長野原のK銀行に向かった。

嬬恋館の女将から、中野由美という女性から、キャッシュカードを使える銀行を、教えてくれといわれ、ルームサービス係が、長野原の銀行を教えたと、聞いたからである。

長野原のK銀行の支店長に会い、中野由美という女性が、キャッシュカードを使って、お金を下ろしたかどうかを、きいてみた。

この銀行には、ATMが二台設置されていて、どちらにも、監視カメラがついている。竹田たちは、群馬県警の刑事に立ち会ってもらい、一週間分の監視カメラのテープを、見せてもらった。

しかし、何回見直しても、中野由美と思われる女性の姿は、映っていなかった。また、窓口で、キャッシュカードを使った形跡もない。どうやら、長野原のこのK銀行では、中野由美は、キャッシュカードを、使わなかったらしい。

中野由美は、なぜ、使わなかったのか？　わざわざ、旅館のルームサービス係に、キャッシュカードを使える銀行を、きいたのに、その銀行には、行っていないのだ。

キャッシュカードを使わなくてもよくなったのか、用心して使わなかったのか、それとも、全く別の銀行に、行ったのか。その三通りが、考えられるのだが、竹田は、いったん、この調査を、中止して、二人の行動を、追跡調査することにした。

嬬恋館の女将は、上田幸男が、毎日大きなボストンバッグを提《さ》げて、中野由美と一緒に、出かけていたという。また、ボストンバッグの中には、札束が入っていたに違いないと、いっていた。

もし、そうだとすると、一週間、毎日、大きなボストンバッグを持って、どこかに、出かけたということになる。バッグの中味が、札束なら、何か大きな買い物をしたはずである。

竹田とあずさは、嬬恋館の女将やルームサービス係の証言から、男の似顔絵を作ってみた。その似顔絵と、女の似顔絵の二つを持って、村の中をきいて回ったのだが、この二人に、何か売ったという村民は、なかなか見つからなかった。

途中で、竹田は車を停め、

「おかしいな」

と、つぶやいた。

「何がおかしいの？」

あずさが、きく。

「もし、この二人が、嬬恋名産のキャベツを、大量に、買い込んだとしよう。ほかの野菜でも構わない。持ち帰れるはずはないから、何かで送ったんだろう。それなら、売ったほうが、それを隠す必要はない。たくさん、売れたのなら、自慢してもいいくらいだ。ところが、村人にいくらきいても、問題の二人に、何かを売った人が、一人も、出てこないんだ。少しばかり、おかしいじゃないか？」

「たしかに、名産のキャベツやジャガイモやレタスなどの、野菜類を売ったのなら、隠す必要はないわ。だから、きっと、あまり、表沙汰《おもてざた》にはしたくないものを、村の人たちは、この二人に、売ったんじゃないかな」

「じゃあ、何を売買したんだ？」

「そうね、いちばん、考えられるのは、土地かな」

あずさが、いう。

「そうか、土地か。たしかに、土地なら大きな売買だけど、土地を売ったことを、隠すだろうか？」

「あまり問題にならない土地なら、別に隠す必要はないと思うけど、問題になっている土地の場合には、その売主は、公《おおやけ》にしたくないかもしれないわ。買ったほうもね」

と、あずさが、いう。

「問題の土地って、例えば、どういう土地だ？」

「一昨日、私たちが話題にしたじゃないの」

「北軽井沢か」

「そう。地図で見ると、北軽井沢と、普通の人が呼んでいる土地の半分は、実際には、嬬恋村なのよ。それなのに、その土地を買って、住んでいる人たちは、嬬恋村に住んでいるといわないで、北軽井沢に住んでいるという。だから、嬬恋村の土地を、大量に買い占《し》めて、そこも北軽井沢と呼ばれるようになれば、高く売れるわ」

「しかし、土地の所在は、あくまでも嬬恋村なんだから、そう簡単には、北軽井沢に、変更できないだろう？」

「そうかもしれないけど、この二人が、土地の売買で、儲《もう》けようと考えているとするわ。いちばん儲かる方法は、嬬恋の土地を、買っておいて、それを、北軽井沢として、売りに出すことだと思うの」

「もう一度、問題の土地を、調べてみようじゃないか」

竹田は、車の中で、地図を広げた。

嬬恋高原は、長野県と、群馬県の県境を挟んで広がる標高千メートルの、高原である。隣接する群馬県長野原町側には、はっきりと北軽井沢と書いてある。

あの二人は、おそらく、嬬恋村の土地を、買おうとしていたのだろう。

理由は簡単である。北軽井沢に接している、嬬恋村は、北軽井沢に比《くら》べて、土地の値段が安いからである。

その嬬恋村側の土地を、彼らは、ボストンバッグに詰め込んだ札束を、持ち歩いて、買い占めていたのではないだろうか？

竹田とあずさは、土地の持ち主に、一人一人に、しつこく、質問をぶつけていくことにした。

嬬恋村の地主たちは、問題の二人に会ったこともないし、土地の売買をしたこともないといった。以前なら、簡単に引き下がったろうが、今回は、執拗《しつよう》に粘《ねば》ることにした。

まず、井上《いのうえ》という地主である。

竹田は、問題の二人の似顔絵を見せて、

「最近、この二人の男女が、ボストンバッグに、札束を詰め込んで、井上さんの土地を買いたいといって、訪ねてきたはずなんですがね」

「いや、こんな人たちとは、会ったこともない。第一、私は、土地を売る気なんて全くないんだ」

井上が、突っ張る調子で、いう。

「この二人ですが、男のほうは、大きなボストンバッグに、札束を詰め込んで、この辺《あた》りを歩き回っていたという証言が、あるんですよ。とにかく、北軽井沢に接している、嬬恋村の土地を買い占めているというウワサが、出ているんですが、本当に、買いに、来ませんでしたか？」

竹田が、食い下がった。

「来ないものは、来ないよ」

井上は、最後には、怒り出してしまい、

「何回もいうが、私は、自分の土地を売るつもりはないし、土地を売って儲《もう》けようという気もない」

相手が、あまりにも、強く否定するので、二人は、あきらめて、次の青木《あおき》という地主に会うことにした。

ここでも、青木は、竹田たちに向かって、

「私の持っている土地は、どんなに、金を積まれたって、誰にも売りませんよ。この二人ですが、会ったこともない人たちですねえ。それに、ボストンバッグの中に、札束を入れて、私の土地を買いに来たって、今もいったように、私には、土地を売る気がないんだから」

「土地を売ること自体は、別に、法律に触《ふ》れるわけじゃありませんから、堂々と、売ってくださって、結構なんですよ」

竹田は、相手を、安心させるように、いった。

それでも、竹田が期待するような答えは、なかなか返ってこなかった。が、近所の人の話から、青木が、最近、土地を売った感触はつかめた。

夕方近くなって、この近くでは、最大の土地を所有しているといわれる、加藤《かとう》という男に、二人は、会った。

ここでも、竹田は、

「私たちは、加藤さんが、ご自分の土地を売ろうが、売るまいが、それを、問題にするつもりはないんです。土地を売るのは、立派な、商売ですからね。ですから、加藤さんが、ご自分の土地を、この似顔絵の男に売ったとしても、別に、それを、問題にする気はありません。ただ、この二人に、売ったかどうかを、知りたいだけなんですよ」

「それに」

と、あずさが、最後の切り札を、持ち出した。

「私たちは、村役場の人間ですから、加藤さんの今年の納税申告書を見れば、自然に、売られたかどうか、分かるんですよ。ただ、その前に、知りたいんです」

この、あずさの援護射撃が功を奏したのか、加藤は、笑って、

「実は、土地の半分を、売りました」

と、いった。

「この二人に、ですか？」

竹田が、きく。

「たしかに、この二人に、売っていますが、個人に、売ったわけじゃありません。財団法人に売ったんですよ」

加藤は、一枚の名刺を、竹田とあずさに、見せ、さらに、もっといいものを見せてやろうと、いう。

加藤が持ち出してきたのは、土地の売買契約書だった。

売る側の名前は、加藤喜一郎《きいちろう》だが、買うほうの名前は、中野由美でも、上田幸男でもない、団体の名前が、書かれていた。

〈財団法人北軽井沢拡大委員会・ルネッサンス土地〉とあり、そこには、事務局長と

して、北園幸一郎《きたぞのこういちろう》という名前があった。

「このルネッサンス土地というのは、どういうグループなんですか？」

と、竹田が、きいた。

「詳《くわ》しいことは、私にも、分からんが、何でも、軽井沢が好きな人たちが集まっているグループがあって、そこで、北軽井沢という地名を広げようと、運動しているらしい。とにかく、嬬恋村という名前よりも、北軽井沢という名前のほうが、誰に聞いても、価値があると、認めるはずだから、そうすることで、土地の値打ちが高まるというんだよ」

と、加藤が、いった。

「この、北園幸一郎という名前は、前から、知っていたんですか？」

「いや、知らないが、あの二人の話だと、以前、国務大臣をやったこともある、偉い先生らしい」

「土地を半分、売られたそうですが？」

「今はまだ、完全に売ったわけではない。手付金を受け取ったところだ」

と、加藤が、いう。

「この財団法人について、二人は、どんな説明をしたんですか？」

「ルネッサンス土地の代表は、浅井淳《あさいじゅん》という国交省の元大臣が務《つと》めていて、本人も、北軽井沢に住んでいるそうだよ。将来は、嬬恋村の土地を、北軽井沢に合併するそうだ。細かいことは、この、北園という事務局長が知っているといっていた。そんなわけで、私が売った土地は、将来、北軽井沢になるらしい」

と、加藤が、笑顔で、いう。

「その話、大丈夫なんでしょうね？」

「何が？」

「今回、買い占められた、嬬恋村の土地が、将来、北軽井沢に合併するという話ですよ。そんなことが、本当に、できるんでしょうか？」

疑うような目になって、竹田が、きいた。

「それについては、あの二人が、こんな話をしていたな」

と、加藤が、いう。

「ルネッサンス土地が、買い占めた土地は、整備して、現在の軽井沢と同じように、インフラもきちんと整備するし、バスも頻繁《ひんぱん》に走るようになる。この土地は、周辺より、格段に高価になって、格差が、広がっていく。そうなれば、いつまでも、嬬恋村に所属していると、不都合になってくるから、北軽井沢と、必ず合併することになるだろう。そんなふうに、あの二人は、説明していたよ。二人の話を、聞いていると、政治家もついているから、簡単に実現しそうなので、自分の所有する土地の半分を、この財団法人に、売ることにしたんだ。将来、価格が跳《は》ね上がった時には、マージンも、もらえるらしいからね」

加藤は、嬉《うれ》しそうに、大きな声で、笑った。

四人目の原田《はらだ》という地主は、竹田たちに向かって、財団法人ルネッサンス土地と、自分の土地の三分の一を売る、売買契約を結んだと、最初から、はっきりと、認めた。

「どうして、その財団に、売ろうと思ったんですか？　中野由美と、上田幸男という二人を、信用されたからですか？」

あずさが、きくと、原田は、うなずきながら、こういった。

「この不景気で、土地の値上がりは、全く、望むことができない。私が持っている、嬬恋村の土地も、ここ二年間、全く値上がりしていない。むしろ、以前よりも、値下がりしているくらいなんだ。このまま持っていても仕方がないから、損を承知で、売ろうとしていたところに、この二人が、やって来たんだ。それで、あなたの土地を、今の価格の二倍で買いましょうと、こういったんだ。この不景気の世の中に、そんなおいしい話があるのかと、ビックリしてしまってね。それで、いったい、誰が買ってくれるのかと、きいてみたんだ」

「そうしたら、財団法人北軽井沢拡大委員会・ルネッサンス土地の名刺を、出したんですね？」

「ああ、そうだ」

「そして、いろいろと、説明があったんですね？」

「そうだ。私が、土地の値段が上がらなくて、弱っているといったら、この二人が、こうすれば値上がりするという説明を、してくれたんだ。このまま、群馬県嬬恋村の名前の土地を、いくら持っていたって、値上がりは期待できない。そこで、私のグループが、あなたの持っている土地を、将来、北軽井沢になるということで、高く買い取り、北軽井沢と合併させる。そうすれば、必ず、儲かる。嬬恋村の土地ではなくて、北軽井沢の土地として売れば、現在の二倍、いや三倍の価格で、売れる。そんなことでもしなければ、この不景気で、土地の値段は、どんどん、下がってしまう。日本の景気自体も、マイナスになってしまう。だから、われわれが、それを高くなるように、持っていく。ぜひ、嬬恋村も、協力してほしいと、思っている。まず、嬬恋村の村役場が、所有する土地を手放す。それを、われわれが買い取って、北軽井沢に合併させる。その土地を、売買した儲けは、嬬恋村と北軽井沢で、折半《せっぱん》することにすればいい。そんなことでも、しなければ、絶対に、土地の値段は、上がらない。あの二人が、そんなふうに、盛んに説明するんでね。それで、私も、だんだん売る気になっていったんだよ。たしかに、嬬恋村の土地より、北軽井沢の土地のほうが、高く売れる。そう考えたので、手持ちの土地のうちの、三分の一を、このグループに、売ることにしたんだよ」

と、原田が、いった。

7

竹田とあずさは、村役場に帰ると、村長に、調べたことを報告した。

二人の話を聞いた村長は、

「世の中には、バカなことを考える人間がいるんだな」

と、苦々《にがにが》しげに、いった。

「でも、この話を、信用して、北軽井沢に近い土地を手放している村の人も、いるんです」

と、竹田が、いった。

第二章　世田谷区成城《せたがやせいじょう》

1

群馬県警の協力要請を受けて、警視庁では、二人の若い刑事に命じて、世田谷区成城のマンションを、調べさせることにした。

マンション「コーポ成城」は、小田急《おだきゅう》線の成城学園前の駅から、歩いて十五、六分のところにあった。

五階建てと低層だが、どの部屋も、百平方メートルから百五十平方メートルと、ゆったりとした造《つく》りになっており、中古だが、豪華マンションと呼んでもいいだろう。

西本《にしもと》と日下《くさか》の二人の刑事は、管理人に案内されて、三階に、上っていった。

「中野さんなら、ここしばらく姿を見ていませんから、お留守じゃないかと思いますよ。もしかしたら、旅行に行っているのかもしれませんね」

三〇三号室のドアを、預かっていた鍵《かぎ》で、開けながら、管理人が、いった。

「それは、分かっているんです」

と、西本が、いった。

「中野由美さんという方は、一人で、ここに住んでいるんですか？」

日下が、きいた。

「ええ。お一人で、住んでいらっしゃいます」

「どんな、女性ですか？」

「そうですね。本当かどうか、私には分かりませんが、かなりの資産家だと、聞いています」

と、管理人が、いう。

「それじゃあ、彼女の部屋も、分譲ですか？」

「ええ、中野さんは、十年近く前に、この部屋を、お買いになったと聞きました。あ、開きましたよ」

管理人は、ドアを開けて、部屋の中に、入っていった。

二人の刑事も、続いて中に入ったが、途端《とたん》に、

「何か臭《にお》うな」

と、西本が、顔をしかめた。

3LDKの広い部屋である。

管理人が、資産家といっていただけあって、居間に置かれた調度品は全て、いかにも高そうなアンティークな家具で統一されている。

しかし、西本も日下も、そちらのほうには目を向けず、嫌な臭いに気を取られていた。

二人とも、警視庁捜査一課の刑事である。この臭いが、何なのか、想像がついていた。明らかに、人体が腐っていく時の臭いである。

管理人も、

「何の臭いですかね？」

と、刑事に、きいた。

「おそらく、死体の臭いだ」

西本が、短く、いった。

管理人は、短い悲鳴を、あげた。

奥のベランダに面した洋間が、寝室になっていた。キングサイズのベッドがあり、そのベッドに、隠れるように、床の上に、女性が、仰向《あおむ》けに倒れていた。

嫌な臭いは、そこから出ている。

「この女性は？」

西本が、管理人に、きいた。

「もちろん、この方が、中野由美さんです」

と、震えながら、管理人が、いう。

「本当ですか？」

「もちろん、本当ですよ。ほかに、中野さんがいるわけないでしょう？」

少しばかり不満げに、管理人が、いった。

ナイトガウン姿で、仰向けに死んでいる女性は、どう見ても、六十歳ぐらいだった。

しかし、群馬県警からの協力要請にあった中野由美という女性は、三十歳とあったのである。

「ここで死んでいる女性は、間違いなく、この三〇三号室の、中野由美さんなんですね？」

今度は、日下刑事が、管理人に、念を押した。

管理人は、むっとした顔になって、

「もちろん、この方が、中野由美さんですよ。私は、五年前から、このマンションの管理人をやっていますが、その時からずっと、この方が中野由美さんです」

「この部屋には、ほかに、三十代の若い女性が、中野由美さんと一緒に住んではいませんでしたか？」

と、西本が、きいた。

「いいえ、そんな人はいません。中野さん一人だけです」

日下刑事が、死体のそばに、しゃがみ込んで、はだけている首の辺《あた》りに、目をやった。そこには、明らかな、扼殺《やくさつ》の跡があった。

「首を絞められている。おそらく、死因はそれだな」

西本が、日下に、いった。

2

群馬県警からの要請に応じて、嬬恋村のキャベツ畑の中で死んでいたという中野由美について調べて、報告することになっていたのだが、新しい殺人事件に、ぶつかってしまった。

しかも、東京で起きた殺人事件である。当然、警視庁捜査一課の仕事になってくる。

捜査は、十津川《とつがわ》班が、担当することになった。

十津川が、最初にやったことは、すでに腐乱の始まっている死体を、司法解剖《かいぼう》のために、大学病院に、搬送《はんそう》することだった。

次には、死体の身元確認である。

マンションの管理人は、死んでいた女性が、三〇三号室の住人だと、証言した。

しかし、群馬県の嬬恋村で、殺されていた女性も、中野由美と名乗っていたのである。住所も同じマンションだった。

十津川は、あくまで慎重に、世田谷区役所に行き、中野由美の住民票を取ってみることにした。それによれば、間違いなく、コーポ成城三〇三号室の、中野由美の年齢は、六十歳になっていた。

嬬恋で殺された女性は、三十歳前後といっているから、年齢的に見れば、世田谷のコーポ成城で、死体となって発見された女性のほうが、中野由美に間違いないだろう。

その後で、十津川は、群馬県警捜査一課の青山《あおやま》警部に、連絡を取った。

十津川が、東京で起きたことの、説明を終えると、青山は、

「今の話、本当でしょうね?」

と、念を押してきた。

「間違いありません。こちらで発見された死体が、中野由美本人だと、考えていいと思います」

「六十歳ですか?」

「そうです。世田谷区役所で取った住民票によれば、中野由美、六十歳となっています」

「殺人事件であることは、間違いないんですか?」

「現在、司法解剖のために、死体を大学病院に運んだので、その結果から、正確なことが、分かると思いますが、死体には、のどに、明らかに、扼殺の跡があったので、首を絞められての窒息《ちっそく》死と思われます。死体の腐乱状態から、死後一週間以上は経《た》っているものと、思われますが、正確なところは、これも司法解剖の結果を待たなければなりません」

「そのほか、何か分かったことは、ありますか?」

青山警部が、きく。

「中野由美の部屋を、捜索していますが、預金通帳やカード類は、見つかっていません。あ、それから、印鑑もです。携帯電話も、ありません。そうしたものは、中野由美を、殺した犯人が、持ち去ったものと考えています」

3

翌日、成城警察署に、捜査本部が、設けられた。

午前中に、司法解剖の結果が出た。死因は、のどを、強い力で絞められたことによる窒息死。死亡推定時刻は、十日前の、午後十時から十二時までの間と、報告されてきた。

やはり、一週間以上前に、殺されていたのである。

十津川は、刑事全員に、殺された中野由美という女性について、調べるように指示した。

中野由美は、北多摩《きたたま》の大地主の娘として、生まれた。父親は、自分の土地にマンションを建てたり、駐車場を作ったりして、それが成功し、財産を増やしていった。

十二年前に、両親が相次《あいつ》いで亡くなった時、由美を含めて、三人の子供がいた。きようだいの中で、唯一《ゆいいつ》の女性だった由美は、父親が残した事業には、関与しないことを、二人の兄に約束し、その代わりとして、遺産を相続した。当時の金で、五億円以上は、あったという。

由美は、その金で、まず、成城に、マンションを買い、その後、結婚し、夫と六本《ろっぽん》木《ぎ》に、小さなファッション関係の店を出した。結構繁盛《はんじょう》していたが、三年前に、夫が死んでしまうと、由美は、その店をたたんでしまった。

その後、成城のマンションに、一人で住み続け、優雅な生活を、送っていた。

二人の兄のうち、長兄は、病死し、もう一人の兄は、現在もマンションを経営しており、結婚もしている。

しかし、最近は、ほとんど、行き来がなかったと、これは、兄本人が証言した。

管理人の話によると、中野由美という女性は、猫が好きで、部屋には、今もシャム猫がいるはずだという。そういえば、3LDKの部屋の片隅に、猫用と思われる、ケージがあって、そこには、寝床や、猫の食事用の皿などが、置かれていた。

しかし、猫は、見つかっていない。

もう一つ、十津川が、知りたかったのは、中野由美の、現在の財産の額だった。預金通帳やキャッシュカードなどは見つからなかったが、マンション近くの、K銀行に行き、支店長に、話を聞くと、中野由美が、死亡したと思われる頃には、億を超える預金があったという。

「その預金ですが、数日にわたって、ほとんど全額が、事件前に、引き下ろされています」

と、支店長が、いった。

もちろん、中野由美のカードで、引き下ろされているのだが、引き下ろした場所は、長野県松本《まつもと》市内の、K銀行松本支店だという。

この件を、十津川は、すぐ、群馬県警の青山警部に、電話で、知らせた。

その後、十津川は、中野由美のマンションから、主な指紋を採取し、それも群馬県警に送った。

4

竹田とあずさの二人は、東京で起きた殺人事件のことは、テレビや新聞の報道で、知った。

「この殺人事件、どうやら、大きく広がりそうだね」

竹田は、目を光らせて、いった。

「そうね。嬬恋で起きた殺人事件が、東京で起きた殺人事件と、連動しているんだから、ニュースとしても、ますます、大きくなるわね。間違いないわ」

あずさも、同意した。どこか嬉《うれ》しそうだった。

村長や課長のほうは、突然起きた、殺人事件に戸惑《とまど》っていたようだったが、若い竹田とあずさは、とにかく、事件が大きく広がっていけば、自然に、嬬恋の名前がニュースに登場する頻度《ひんど》が、多くなる。それならそれで、嬬恋村の宣伝になって、いいのではないかという考えだった。

二人は、若い女性のかかしを持って、死体の発見されたキャベツ畑に向かった。上司の課長に話せば、そんなことは、止《や》めろといわれるに決まっているので、自分たちでかかしを作り、上司には何もいわずに、黙って、出かけたのである。

問題のキャベツ畑に行くと、今日も、どこかのテレビ局の、中継車が来ていた。東京で新たな殺人事件が発生し、どうやら、嬬恋のキャベツ畑で発見された女性の死体と、関係がありそうだというので、テレビ局の取材チームが、やって来たらしい。

竹田たちが、車の中から見ていると、テレビ局のカメラマンや、女性アナウンサーたちは、キャベツ畑の、どこで死体が発見されたのかが分からずに、困っている様子だった。

竹田とあずさは、かかしを抱えて、車から降りると、キャベツ畑の一角に、そのかかしを、突き立ててから、テレビ局の取材チームに向かって、大声で、

「ここですよ、問題の場所は」

カメラマンやアナウンサーが、あわてて近寄ってきた。カメラが、二人に向けられ、アナウンサーが質問する。

「お二人は、あの殺人事件の関係者ですか？」

「私たちは、嬬恋村の役場の職員ですよ」

竹田が、名乗った。

アナウンサーが、あずさに目をやって、

「たしか、あなたは、このキャベツ畑に埋められていた女性の死体を、最初に、発見された方じゃありませんか？」

あずさは、ニッコリして、

「ええ、そうです」

「その時の話を、お聞きしたいんですが」

「あの時は、本当に、ビックリしました」

「村長さんも、ビックリされたんじゃありませんか？　何しろ、キャベツ畑の中から、裸の女性の死体が、見つかったんですからね」

「ええ、村長も、ビックリしていましたよ。何しろ、嬬恋村というところは、普段は、事件や犯罪など、起きそうもない、のどかで、平和なところですから」

あずさが、少しばかり、大げさに、いった。

「東京で、こちらの事件と、関係しているのではないかと思われる、殺人事件が起きたのは、もうご存じですか？」

「ええ、新聞やテレビのニュースで知りました」

「どう、思われましたか？」

今度は、竹田が、答える。

「僕たちは、このキャベツ畑で見つかった死体は、東京の、中野由美という女性だとばかり、思っていたんですよ。そうしたら、ホンモノの中野由美という女性が、東京の自宅マンションで、死体で発見されたというじゃありませんか。いったい、この事件はどうなってしまうのかと、思いましたね」

「これから、事件は、どうなっていくと思いますか？」

アナウンサーが、二人に、マイクを突きつけるようにして、きく。

二人は、顔を見合わせてから、先輩格の竹田が、

「よく分かりませんが、何だか、もっと大きな事件に、発展しそうな気がして、仕方がないんですよ」

「あなたも、そう、思いますか？」

アナウンサーが、あずさに、きく。

「ええ、そう思います。きっと、とてつもない大きな事件になるんじゃないか、そんな気がします」

あずさが、紅潮《こうちょう》した顔で、いった。

「ここで殺されていた女性と、もう一人、万座温泉の旅館に、泊まっていた男性の二人で、この嬬恋村に、来ていたようですが、二人が、この村に、何をしにきたのか、ご存じですか？」

女性アナウンサーが、きく。

その質問に対して、あずさが、答えようとするのを、竹田が止めた。今はまだ、問題の二人が、嬬恋の土地を買いに来たということを、マスコミに、しゃべるのは、まずいだろうと、思ったからだった。

「村役場でも、その二人が、ここに何をしにきたのか、いろいろ考えていますが、正

確なところは、分かりませんね。もしかすると、ただ単に、観光に、来たのかもしれません。嬬恋村というと、最近は、軽井沢と同じような、避暑地としても、脚光を浴びていますし、嬬恋という地名自体が、昔、ヤマトタケルノミコトが、亡くなった妻を偲《しの》んで、『わが妻よ』と呼んだところから、来ているんです。そこで、村としては、嬬恋村を、愛妻家の人たちの、聖地にしようとしているのです。今、そのためのイベントも、いろいろと、企画しています。きっと、楽しいお祭りになると思うので、テレビで宣伝してくれると、ありがたいんですが」

竹田は、さりげなく、売り込んだ。

「なるほど、愛妻家の聖地ですか。それは面白いですね」

アナウンサーは、微笑したが、そのことに、それほど、関心を持ったようには見えなかった。

おそらく、アナウンサーもカメラマンも、今は、このキャベツ畑で起きた殺人事件のことで、頭が、いっぱいなのだろう。

アナウンサーが、いう。

「東京で起きた、殺人事件のことを考えると、どうやら、このキャベツ畑で死んでいた中野由美さんのほうは、明らかに、東京で死んだ本人に、なりすまして、男と二人で、こちらに来たとしか、考えられません。問題は、何のために、この嬬恋に、来たのかということです。群馬県警に聞いても、はっきりしたことを教えてくれません。その件について、お二人は、本当に、何も、聞いていらっしゃらないんですか？」

女性アナウンサーは、しつこく、二人に、マイクを向けてくる。

「残念ながら、何も聞いていませんね」

竹田が、いうと、カメラマンも、アナウンサーも、急に、二人に、関心を失った感じで、

「これから、警察に行って、話を聞くことにします」

アナウンサーが、マイクに向かって、いい、カメラマンと一緒に、中継車に戻っていってしまった。そして、けたたましいエンジン音を残して、走り去った。

「私たちは、これから、どうするの？」

あずさが、竹田に、きく。

「かかしは、ここに、立てたままにしておいて、万座温泉に、行ってみようじゃないか？　嬬恋館の女将《おかみ》さんに、もう一度、話を、聞いてみたいんだ」

と、竹田が、いった。

二人は、駐《と》めておいた村役場の軽自動車に戻り、アクセルを、踏んだ。

5

万座温泉の嬬恋館の前まで来ると、こちらにも、別のテレビ局の中継車が来ていた。さらに、群馬県警のパトカーも、駐まっている。

警察もマスコミも、いちばん知りたいのは、キャベツ畑で殺された中野由美のニセモノと、上田幸男という男の二人が、一週間もの間、ここに泊まって、何をやっていたのかということだろう。

テレビ局のアナウンサーと、カメラマンが、嬬恋館の女将さんや、ルームサービス係に、カメラやマイクを向けて、その件について、さかんに質問している。

しかし、女将さんも、長年、客商売の世界で、生きてきた女性だから、そう簡単に、泊まり客のことは、教えないだろう。

竹田は、少し離れた場所に、群馬県警の青山という警部がいるのを見つけて、近づいていった。

二人は、新しく作った名刺を、青山に渡してから、

「村長や観光商工課長が、心配しているんですが、殺人事件は、何とか、解決できそ

うですか？」

「捜査を進めていたら、東京で、関係のありそうな殺人事件が、起きてしまったので、こうなると、捜査は、どうしても、難しいものになってきますね。当然、今後は、警視庁と合同で、事件を、捜査することになります」

と、青山が、いう。

竹田は、思い切って、青山警部に、

「私たちは、村役場の人間として、今度の事件について、いろいろと、調べているんですが、お互いの情報を交換しませんか？」

と、いってみた。

青山警部は、若い二人が、いきなり、妙な提案をしてきたので、少しばかり、戸惑ったらしい。

「あなた方は、何か、われわれの知らないようなことを、知っているんですか？」

「キャベツ畑で死んでいた女性と、この万座温泉に泊まっていた男の二人ですが、彼らが、何をしに嬬恋に来たのか、それを、知っているんです」

と、竹田が、いった。

「どうして、知っているんですか？」

青山警部は、半信半疑《はんしんはんぎ》の目で、竹田を、見ている。

「今もいったように、僕たちは、村役場の人間ですから、こんな事件が起こると、自分たちが、疑問に思ったことを、調べるようにしているんです」

「なるほど。それで、あなた方は、それを、警察に教えてくれる代わりに、何を知りたいんです？」

と、青山が、きいた。

「何か、警察に分かっていることで、マスコミに話していないことはありませんか？もしあれば、それが知りたいのです」

と、竹田が、きく。

「そうですね」

と、青山は、一瞬考えてから、

「今回、東京で起きた殺人事件と、こちらで死んだ女性と、その連れの男の関係が、少しずつ分かってきました。これはまだ、定例の記者会見では、話していませんがね」

「それじゃあ、ギブ&テイクしませんか？」

と、竹田が、いった。

6

竹田は、緊張した顔で、話した。

「例の二人が、いったい何をしに、この嬬恋村に、やって来たのか？　地図を見ると、分かるのですが、この嬬恋村に接して、北軽井沢と呼ばれる地域が、あります。そこに接している、嬬恋村の土地を、あの二人は、買い占《し》めるつもりで、やって来たんですよ。男のほうは、毎日のように大きなボストンバッグを持って、女と一緒に出かけていたそうです。私たちの推測では、その大きなボストンバッグの中には、おそらく、一万円札が、大量に詰まっていたのではないかと、思っています。女性のほうは、キャッシュカードも、持っていましたからね。彼女も、銀行で下ろした金を持って、男と一緒に行動していたと思います。それで、北軽井沢に接した、土地の所有者たちに、話を聞いて、回ったところ、売らなかった人もいれば、相場よりはるかに高い値段をつけてくれたので、喜んで売ったという、地主もいるのです。たぶん、あの男女は、北軽井沢に接する、嬬恋村の土地を買い占めて、それを北軽井沢として、売ろうとしているのではないか？　そうすれば、かなり、高く売れるからです」

「北軽井沢に接している、嬬恋村の土地の買収というわけですか？」

「ええ、そうですよ。地図を見てください。嬬恋村の中にあるホテルなのに、なぜか、ホテル軽井沢と、名乗っているんです。つまり、そのほうが、イメージアップになって、宿泊客が、たくさんやって来る。おそらく、そんな計算をして、実際は、嬬恋村なのに、北軽井沢として、客を呼んでいるんですよ。ですから、あの二人も、うまく土地を買収して、金儲《かねもう》けを考えていたんじゃないかと、思いますね」

と、竹田は、いい、

「さあ、今度は、青山警部の番ですよ。話してください」

と、いうと、青山は、

「何を、知りたいんだったかな？」

と、とぼけてくる。

竹田は、硬い表情になって、

「嬬恋村のキャベツ畑で起きた殺人事件と、東京で起きた殺人事件との関係が、分かって来たと、さっき、おっしゃったじゃありませんか？　それを話してくださいよ」

「ギブ&テイクの約束だから、もちろん、お話ししますがね。これは、しばらくの間、内緒にしておいてもらいたい。何しろ、記者会見でも、まだ話していないことですからね。それを守ると、約束してくれれば、お教えしますが」

　青山が、念を押す。

「分かりました。絶対に、他言しないと、お約束します」

「行方不明の男の指紋と、殺された女の指紋の二つを、採取して、警視庁に送りました。その結果を、ついさきほど、電話で、知らされましてね。二人の指紋が、東京の、ホンモノの中野由美のマンションでも、発見されたそうです。つまり、問題の男女は、ホンモノの中野由美のマンションの部屋に、行ったことがあることが、分かったんです」

「それでは、あの二人が、東京で、殺人を犯したんですか？」

「いや、まだ、それは、はっきりしません。今のところ、可能性が、あるということだけですからね」

　と、青山は、慎重ないい方をして、それっきり、黙ってしまった。

7

「これからどうするつもり？」

と、あずさが、きいた。

「何を？」

と、竹田が、きき返す。

「何をって、今、群馬県警の警部さんから、聞いた話よ」

「あの警部は、しばらくの間は、黙っていてくれと、いっていた」

「だからって、大人しく、黙っているつもりなの？」

「君は、何を企《たくら》んでいるんだ？」

竹田が、あずさに、きいた。

「新聞もテレビも、まだ、このことは、知らないわ。だから、教えてあげれば、新聞もテレビも、大喜びすると、思うの」

「そりゃ、喜ぶだろう。しかし、そんなことをしたら、警察に、睨《にら》まれるぞ。何しろ、口外しないという、約束だからね。それに、マスコミに、タダで、教えてやるつもりか？」

竹田が、きくと、あずさは、笑って、

「もちろん、タダでなんか、教えないわ。さっきと同じで、ギブ&テイクよ」

「なるほど。それで、どうするんだ？」

「この際だから、マスコミに、嬬恋村のことを、大いに宣伝してもらいましょうよ。ね、それと、引き換《か》えに、指紋のことを、教えてあげるの」

「さっきも、キャベツ畑で会った、テレビ局のスタッフに、嬬恋村のことを、宣伝してくれと、頼んだじゃないか」

「だけど、あの時、女性アナウンサーの顔つきを、見ていたら、とても、宣伝してくれそうにないと思ったわ。あの時会ったアナウンサーもカメラマンも、頭の中は、殺人事件のことで一杯だから、嬬恋村の宣伝なんか、してくれるもんですか。今度は違うわ。私たちが、知っているのは、絶対に、マスコミが欲しがっている情報なんだから、それと、引き換えなら、嬬恋村の宣伝をやってもらえるはずだわ」

「しかし、そんなことを勝手にやったら、村長や課長が怒るだろうな」

「でもね。村長だって、課長だって、私たちに嬬恋村の宣伝を、やってほしいって、いっていたじゃないの？　それを、やるんだから、怒るはずはないわ」

あずさが、自信満々の顔で、いった。

振り返ると、テレビ局のアナウンサーや、カメラマンが、嬬恋館の女将さんから、何か聞き出そうと、しつこく迫っている。

そのうちに諦《あきら》めたのか、アナウンサーとカメラマンは、女将さんへの、取材を切り上げて、中継車のほうへ、戻っていった。その二人に、竹田が、声をかけた。

そのあとは、あずさが、話すことにした。

「女将さんから、何か、いい情報がつかめましたか？」

アナウンサーは、手を横に振って、

「まるでダメでした。夕方七時からのニュースで、東京と、ここで起きた、二つの殺人事件の関係を、取り上げたいと思っているのに、何の情報も入ってきません。これじゃあ、番組に、なりませんよ」

「警察には、当たったんですか？」

「もちろん、当たりましたよ。だが、警察は、何もしゃべってくれないんです。ところで、あなた方は？」

アナウンサーが、きく。

「私たちは、村役場の人間です。ですから、いろいろと、情報を持っているんですけどね」

思わせぶりに、あずさが、いった。

「本当ですか？」

「ええ、たぶん、まだ、誰も知らない、内部の情報も、知っていますけど」

あずさの言葉に、アナウンサーの顔色が、変わった。

「どんな情報を、お持ちですか？」

「例えば、この嬬恋で起きた事件と、東京で起きた事件との、関係なんか」

「警察では、二つの殺人事件の関係は、まだ、何も分からない。それを今、調べている最中だと、いっていますがね。あなた方は、どうして、知っているんですか？」

「だから、いったじゃありませんか？　私たちは、役場の人間だから、絶えず、この村の中を、歩き回っているんです。こんな事件が、起きると、すぐに、いろいろな情報が、入ってくるんですよ」

「ぜひ、それを、話してもらえませんか？」

「いいですよ。ただ、話すのは、構いませんが、一つだけ、条件があるんです。もし、その条件を飲んでくれれば、いくらでも、お話ししますよ」

と、あずさが、いった。

「条件って何ですか？」

「おたくの局は、全国ネットでしょう？」

「ええ、そうですよ」

「それなら、この嬬恋村のことを、事件に絡《から》んででも、構わないので、番組の中で、

「宣伝してほしいんです」

「具体的には、どんなふうに、紹介すればいいんですか？」

「この嬬恋村は、軽井沢よりも、素晴らしいところなんですよ。空気は、きれいだし、夏だって、軽井沢よりも、涼しいんです。それなのに、なぜか、嬬恋村の土地に建っているホテルまでが、ホテル軽井沢と名乗っているんです。それを、正しく直したいんですよ。嬬恋村に住んでいるのに、軽井沢に、住んでいるなんて、いってほしくないんです。それから、愛妻家の聖地にする運動もやっているので、それも、宣伝してもらいたいんです」

二人は、村が作ったポスターを、相手に渡した。

「分かりました。しかし、私の一存では、決められませんから、少し、待ってくださいませんか？」

アナウンサーは、中継車の中に、入っていった。おそらく、上司に、相談するのだろう。

竹田とあずさは、待つことにした。
七、八分して、アナウンサーが、中継車から、出てきた。
「ＯＫです。ただし、長くても五分間です。それに、これから、あなたが話してくれる情報が、つまらなければ、嬬恋村の宣伝もしません。それで、いいですか？」

「それで結構です」

「それじゃあ、話してください」

アナウンサーが、促《うなが》した。

あずさは、小さく、咳払《せきばら》いしてから、

「嬬恋で死んだ女性と、連れの男の、指紋が、東京で死んでいたホンモノの中野由美のマンションの部屋から、発見されました。犯人の可能性が出てきたんです」

「本当ですか？」

「本当です」

「でも、警察は、そんなことは、一言もいっていませんがね」

「警察としても、重要なことなので、慎重に考え、まだ発表していないんだと思いますよ。それからもう一つ、おまけの情報も、あげますよ」

あずさは、嬬恋で死んだ女性と、現在行方不明になっている男性の二人が、嬬恋村で何をしていたのか、そのことも、テレビ局のアナウンサーと、カメラマンに、話した。

それでやっと、相手も、こちらの話を、信用したように見えた。

「これからすぐに帰って、今のことを、午後七時のニュースで、放送しますよ。その時に五分間、孀恋村の宣伝をしましょう。それは、約束しますよ」

そういって、カメラマンとアナウンサーは、急いで、中継車に戻り、走り去った。

8

東京の捜査本部では、十津川が、捜査は進展したと、確信していた。群馬県警から送られてきた、男女の指紋が、成城のマンションの壁やドアから、見つかったからである。

すぐ捜査会議が開かれて、その席で、十津川が、三上《みかみ》本部長に報告した。

「捜査は、ここに来て、大きく前進したと思います。群馬県の孀恋村で、土地の買収をしていたと思われる男は、三十五歳で、上田幸男と名乗っていましたが、本名なのかどうかは、まだ、分かりません。女のほうは、中野由美という名前を、向こうで、使っていましたが、偽名だと分かりました。一方、世田谷区内のマンション、コーポ成城の三〇三号室で、ホンモノの中野由美が、何者かに、首を絞められて、死んでいるのが、発見されました。死亡推定日時は、十日前で、そのため、発見された時、死体は、すでに、腐敗が始まっていました。この部屋から、嬬恋村の、男女の指紋が発見されましたから、確定はできませんが、この二人が、資産家の中野由美を、殺したことは、まず、間違いないと思います。殺してから、五億円の資産を、奪い取り、その金で、嬬恋の土地を、買い漁《あさ》っていたわけです。この二人については、嬬恋で泊まっていた旅館の女将や、ルームサービス係などの証言によって、似顔絵を作ってみましたので、ここに張り出しておきました。先ほども申し上げましたが、嬬恋村にいる時、女は中野由美という名前を、使っていました。すでに、偽名だということが分かっていますが、本名は、分かりません。男は上田幸男と名乗っていましたが、女が偽名を使っていたことを考えると、偽名の可能性が高いと考えます。この二人は、資産家の中野由美、六十歳に、近づいて、彼女を殺し、その資産を奪った可能性が強いので、ホンモノの中野由美の身辺を洗っていけば、この男女のことも、自然に浮かび上がってくると、確信しています」

「問題は、殺人の動機だよ」

と、三上が、いった。

「東京の資産家、中野由美が、殺された理由は、分かりやすい。彼女の資産を狙《ねら》って殺し、五億円余りを、奪い取った。たぶん、これは、正しい推測だと思っている」

「私も同感です」

「問題は、嬬恋村で殺されて、キャベツ畑の中に埋められていた、ニセモノの中野由美のほうだ。こちらの殺人は、動機が、はっきりしない。男と二人、一緒になって、一週間、万座温泉の旅館に泊まり込み、嬬恋村の中でも、北軽井沢に近い土地の買い占めを、やっていた。それなのに、彼女の死体が、キャベツ畑に、埋められて、男は、どこかに、逃げてしまった。どうして、彼女が殺されたのか？　その動機の説明はつくのかね？」

「意外に、簡単な動機ではないかと、思っています」

「どう簡単なのかね？」

「二人は、嬬恋村の土地を買い漁っていました。それが、途中から、何かで仲違《なかたが》いを起こし、二人の仲が悪くなったのではないでしょうか？　おそらく、男が、買い占めた土地を、自分一人のものにしようとしたのではないかと、思います。それに怒った女を、男のほうが、口止めに殺してしまった。ただ殺したのでは、自分が、すぐつかまってしまうと思い、わざと、裸にして、キャベツ畑に、埋めておいたのではないでしょうか」

「たしかに、簡単な説明だな」

三上が、皮肉を込めて、いった。

「私には、そんなに、簡単なことだとは、思えないんだ。今のところ、今回の二つの殺人事件に、登場しているのは、男一人と女二人の合計三人だけだがね。ひょっとすると、今度の、事件には、もっと多くの人間が、関係しているのではないかと、私は思っている。だから、君たちには、その点に、気を配って進めていってほしい」

次の日になって、嬬恋村の村役場には、電話が、殺到した。電話のほとんどが、東京からだった。その上、電話の内容は、ほとんど同じだった。

「昨日の中央テレビの、夕方七時のニュースを見ていたら、嬬恋村で起きた殺人事件と、東京で起きた新しい殺人事件について、アナウンサーが説明した後、なぜか急に、五分間にわたって、嬬恋村を取り上げて宣伝した。どうして、そんなことをしたのかは、分からないが、それを見て、私は、嬬恋村に、大きな関心を持った。そこで、嬬恋村について、もう少し詳《くわ》しく説明をしてもらいたくて電話をした」

ほとんどの電話の主は、今まで、嬬恋村については、何も、知らなかった。軽井沢よりも静かで、夏は涼しく、避暑地として最適な、そんなにいい場所が、東京の近くにあることを、全く知らなかった。ぜひ一度行ってみたい。軽井沢より土地が安いのなら、ぜひ別荘を作りたい。そんな電話ばかりだった。

村長は、嬉しさと当惑《とうわく》の入り混じった顔で、観光商工課長に、いった。

「東京の人たちが、この嬬恋村に、関心を持つようになってくれたのは、大変嬉しい。ただ、それが、殺人事件に絡んでのことなら、少しばかり、困ったことになってくるね」

それを聞いて、観光商工課長は、ジロリと、竹田とあずさの二人の顔を、見た。昼休みの時間になると、課長は、二人を、役場の裏に呼び出した。

「君たちも、村長の話を、聞いただろう？　急に、嬬恋村が、有名になったので、その点は、喜んでおられる。しかし、殺人事件と絡んでの人気だとすると、後になってから、困ったことになるのではないか？　村長は、それを心配しておられるのだ。私は、君たちから報告を受けていたから、今回の件は、君たち二人がやったことだということは、十分承知している。誉《ほ》めてやりたいが、村長がおっしゃったように、殺人事件絡みでは、逆に後になってから、嬬恋村の印象が、悪くなってしまうことが心配なんだ。君たちも、その点を、よく考えておいてもらいたいな」

と、課長が、いった。

「しかし、今回の事件のおかげで、嬬恋村は、有名に、なりましたよ」

竹田が、負けずに、いい返した。

「嬬恋村を、有名にしようとして、君たちが、頑張《がんば》っていることは、よく分かるのだが、マイナス面が、出てしまうこともある。それだけには、注意してもらいたいんだよ」

「僕たちは、何とかして、嬬恋村を有名にしたいんです。これからも、いろいろとやりたいと、思っています。もし、ダメなら、今のうちに、はっきりと、いっておいてください」

竹田が、課長の顔を、見つめた。

あずさも、じっと、課長の顔を見ていたが、課長は、

「だから、いっているんだよ。ほどほどにしておけとね」

それだけいうと、課長は、

「もういい」

と、いって、役場の中に、入ってしまった。

二人だけになると、あずさは、心配になったのか、

「やっぱり、少し自重《じちょう》したほうがいいのかしら？」

と、いう。

竹田が、笑って、

「そんな必要ないよ。課長だって、立場上ああいうふうに、いっているが、本音は違うはずだよ。本当は、もっと、どんどん、僕たちに、嬬恋村の宣伝をしてくれと、いいたいんだよ。その証拠に、キャベツ畑に、僕たちが、立てたかかしは、まだ、立派に立っているよ。本当に、反対だったら、かかしだって、さっさと引っこ抜かれて、燃やされているはずだ」

「それは、そうかもしれないけど」

「僕は、今まで通り、やるよ。いや、もっと、大々的にやる。それで叱《しか》られたら、村役場を辞《や》めて、東京に帰り、別の仕事をすればいいんだ」

竹田が、いうと、あずさも、急に笑顔になって、

「そうよね、別に悪いことをしているわけじゃないんだから。ところで、これから、どうしたらいいと思う?」

「明日は、一緒に、東京に行ってみないか?」

竹田が、いった。

「東京に行って、どうするの?」

「ホンモノの中野由美という女性が住んでいたマンションを、見てみたいんだ。彼女は、資産家だったので、そのために殺された。その続きで、嬬恋村で、事件が起き

た。つまり、ホンモノの中野由美から、事件が始まっているんだ。だから、どんなマンションなのか、見てみたい。一緒に行かないか？」

「いいわ、一緒に、行きましょう」

すぐ、あずさも、賛成した。

翌日、竹田とあずさは上京した。勝手知ったる東京である。それでも、二人は用心して、帽子を目深《まぶか》にかぶり、アレルギー症に、見せかけて、大きなマスクをした。

小田急線を、成城学園前駅で降りると、テレビのニュースで見た、コーポ成城のほうに向かって、歩いていった。

五階建てのマンションの前まで来ると、玄関の前に、警視庁のパトカーが二台、駐まっているのが見えた。

これでは、マンションの中に、簡単には入れそうもない。

二人は、ひとまず、通りの反対側にある喫茶店に入ることにした。雑居ビルの三階にある、喫茶店である。

三階まで上がり、窓際《まどぎわ》のテーブルに腰を下ろすと、しばらく様子を見ることにした。

通りの向こうに、問題のマンションがあり、二台のパトカーが、見える。

竹田は、持ってきた、ビデオカメラを、問題のマンションに向けて、スイッチを入れてから、おもむろに、コーヒーを飲み、ケーキを食べ始めた。

それでも、時々画面に目をやったが、問題のマンションに、何かが、起きているという感じはなかった。

やがて、マンションの前に駐まっていた、二台のパトカーのうちの一台が、帰っていった。

二人は、日が暮れるまで、その喫茶店で粘《ねば》り、その後、ビデオカメラのスイッチを切って、店から出ることにした。

この後、二人は、成城学園前駅の駅前にある中華料理店に入り、少し遅めの、夕食を取りながら、ビデオカメラの画面を、見ていった。

そのうちに、竹田が、急に、

「あれっ?」

と、声を出し、ビデオを、止めた。

「どうしたの?」

と、いって、あずさが、ビデオの画面を、覗《のぞ》き込む。

「妙な車が、映っているんだ」

と、竹田が、いった。

二人でもう一度、小さな画面を、覗き込む。

問題のマンションの前を、一台の白い乗用車が、ゆっくりとしたスピードで、右から左へと通っていく。

問題は、その後である。

しばらくすると、また、同じ自動車が、左から右に向かって、ゆっくりと、マンションの前を、通過していった。

「この車は、明らかに、あのマンションの様子を、見に来たんだ」

「この車、たしか、ベンツでしょう？」

あずさが、きく。

「ああ、僕の好きな車だよ。ナンバーが読める。このベンツの所有者を、何とかして、知りたいね」

と、竹田が、いった。

「ビデオから、ほかに、何か、分かることがある？」

「もう一つ分かるのは、品川《しながわ》ナンバーだということだ」

と、竹田が、いった。

「それじゃあ、私が何とかして、この車の、所有者を調べてみるわ」

と、あずさが、いった。

「そんなことが、できるのか？　東京陸運局は、この時間、もう、閉まっているぞ」

「陸運局じゃなくたって、調べるところは、ほかにもあるわ」

「どこ？」

「このベンツ、まだ新しいから、最近、売買されたんじゃないかと思うの。だから、販売店に行って、この車の所有者を、調べてもらえばいいのよ」

「そんなこと、向こうが、やってくれるかな？」

「そこは、何とかやるわ」

あずさが、ニッコリ笑った。

二人は、別の喫茶店に入り、そこで電話帳を借りて、東京中の販売店に、片《かた》っ端《ぱし》から、電話をかけていった。

相手が出ると、保険会社の者だと名乗り、こちらで分かっている、ベンツの色や形、ナンバープレートの数字をいい、ぜひ、その車の所有者の名前を教えてほしいと、あずさは、頼んだ。

池袋《いけぶくろ》の販売店で、やっと、問題のベンツの持ち主の名前を、聞くことができた。

第三章　事件の核心へ

1

車の販売店の営業所長は、その車の持ち主の名前を教えることは承知したが、その前に、竹田とあずさの二人に向かって、くどいくらいに念を押した。

「いいですか、お教えしますが、その代わり、この持ち主の名前を知っても、絶対に、悪用しないでくださいね。もし、それが守れないとおっしゃるのなら、お教えすることはできませんから」

「その点は、大丈夫です。絶対に悪用したり、他人に漏《も》らしたりはしませんから、どうか、ご安心ください」

と、二人は、繰り返した。

営業所長が教えてくれた名前は、

〈旭川修《あさひかわおさむ》〉

である。

住所と電話番号も、教えてくれた。住所は、月島《つきしま》の超高層マンションの最上階になっていた。

「旭川修さんは、ウチの古くからのお客様なんですよ。昔から、ベンツがお好きで、ずっと、ベンツに乗っておられます。現在も二台お持ちです。一台は、Cクラス、もう一台は、二人乗りのスポーツカーです」

営業所長は、その車の写真を見せてくれた。片方は、間違いなく、あの車種である。

「この、旭川修さんという方は、どんな方なんですか？　年齢は何歳で、お仕事は、何をやっていらっしゃる方なんですか？」

竹田が、しつこくきくと、営業所長は、急に硬い表情になって、

「申し訳ありませんが、そうした個人情報に関わることは、これ以上、お教えできま

せん。私どもの、大事なお客様の、プライベートに関わることですから、お教えできません」

と、繰り返していい、さらに二人の顔を見ながら、言葉を続けて、

「旭川修様のことを、もっと詳《くわ》しくお知りになりたいのでしたら、これから先は、ご自分たちで、調べてください。これ以上、こちらからお教えできることは、何もありませんから」

竹田とあずさの二人は、追い出されるように、池袋の営業所を、後にしたが、出たところで、竹田が、

「営業所長が、あれだけ頑《かたく》なに拒否して、何も、教えてくれないとなると、かえって、この旭川修という人物が、いったい、どんな人物なのか、何をやっている人間なのか、ますます、知りたくなるね」

「たしかに、そうね。どんな人間なのか、私も、ぜひ知りたいわ」

「住所は、教えてくれたから、月島の超高層マンションに行って、管理人か、あるいは、隣りの部屋の住人に会って、話を聞いてみようじゃないか」

と、竹田が、いった。

「でも、このマンションに直接行っても、こういう高級マンションは、警備が厳重だ

から、話を聞くどころか、中に入ることもできないわよ」

あずさが、首をかしげる。

「たしかに、君のいう通りかもしれないが、それじゃあ、どうしたらいいんだ?」

「ここは東京だから、国会図書館に、行ってみましょうよ。何か、参考になることが、分かるかもしれないわ」

と、あずさが、いった。

「国会図書館に行けば、何か教えてくれるのか?」

「バカね。行っただけじゃ、誰も教えてくれないわ。自分たちで、調べるのよ。国会図書館というのは、日本中の図書館の中でも、いちばん多くの本を、集めてるから、日本のお金持ちの名簿のようなものだって、あると思うの。それを見れば、何か、手がかりが、つかめるかもしれないわ」

「そうか、『日本紳士録』か。それを調べれば、載《の》っているな」

「『日本紳士録』に、旭川修が載っているかどうかは、分からないけど、高額所得者の名簿があれば、それには載っていると思うわ。何しろ、ベンツを、二台も持っているし、月島の超高層マンションの、それも、最上階に住んでいるんだから」

二人は、改めて、タクシーを拾い、永田町《ながたちょう》の国会図書館に、急いだ。

国会図書館で、本を選ぶ役目は、あずさがやることになった。あずさには、短い期間だが、かつて文学少女だった時代があって、体育会系の竹田よりは、本の探し方に詳しかったからである。

『日本紳士録』は、現在発行されていないが、全国の高額所得者の一覧が載っている雑誌を借りて、それに、目を通すことにした。

あずさの予想した通り、そこには、旭川修の名前が載っていた。その項目を、あずさが読み上げ、竹田が、手帳に書き留《と》めていった。

〈旭川修。五十九歳〉

まず、一行目に、氏名と年齢が、書かれていた。

問題は、仕事のほうである。

〈財団法人日本再生事業団　理事長〉

雑誌には、そう書いてあった。

この日本再生事業団というのは、単なる民間会社ではなくて、財団法人の名前がついていた。たぶん、税金対策のために、そうしているのだろう。

その、財団法人日本再生事業団の事業内容は、借財がかさんで、倒産の危機に瀕《ひん》した会社や、老舗《しにせ》の名門旅館などの、再生を引き受け、倒産の危機から救って、立ち直らせる。そのための事業をやるらしいと分かった。

もちろん、その報酬は要求するが、時には、株を取得したり、あるいは、自分たちの財団の人間を、その会社や老舗旅館などに、送り込むことがあるという。

日本再生事業団について、さらに調べていくと、最近、この事業団が再生させた会社や、老舗旅館の名前も、いくつか、書き並べてあった。

「潰《つぶ》れかけた会社や老舗旅館などを再生させて、もう一度、立ち直らせるというのだから、なかなか、立派な仕事をやっているじゃないか?」

竹田が、いうと、あずさは、

「もし、本当に、この通りの仕事を、真面目《まじめ》にやっているんだったらね。でも、そこは分からないわよ」

「どうして、君は、物事を、何でも悪く受け取るんだ?」

「別に、悪く受け取っているわけじゃないわよ。ただ、私は、あなたに比《くら》べて、用心深いだけ。再生するふりをして、その会社なり、旅館なりを、乗っ取ってしまうことだって、考えられるし、それを目的にしている会社なのかもしれないじゃないの」

と、あずさが、いった。

「それに」

と、あずさが、言葉を続けた。

「ここに、最近、この財団法人日本再生事業団が再生させた会社や、旅館の名前が、いくつか書いてあるけど、ほら、このいちばん最後のところを見てよ。ニュー軽井沢グランドホテルと、書いてあるわ。ひょっとすると、このホテルって、今、問題になっている、北軽井沢にあるホテルかもしれないわ」

「それなら、すぐ、嬬恋に戻って、このニュー軽井沢グランドホテルについて、調べてみようじゃないか」

「そうね。調べてみましょう。その前に、昔の『日本紳士録』にも目を通してみたいわ」

と、あずさが、いった。

「えっ、まだ、調べることがあるの？　旭川修という人間が、どういう人物なのか、もう、分かったから、いいんじゃないのか？」

「分かったけど、一応、念のために、『日本紳士録』も見ておきたいのよ。ほかにも、何か、参考になるようなことが、出ているかもしれないから」

と、あずさが、いった。

あずさは真剣な表情で、新たに借りてきた『日本紳士録』のページを、繰《く》っていたが、旭川修の名前を、見つけることはできなかった。

「やっぱりね」

と、あずさは、一人でうなずいて、『日本紳士録』のページを、閉じた。

「何がやっぱりなんだ？」

竹田が、きく。

「『日本紳士録』のほうは、一応、ある程度の紳士の基準みたいなものがあって、それに合った人たちを、載せていると思うの。たぶん、旭川修という人物は、かなりの資産家で、仕事をバリバリやるタイプの人間かもしれないけれど、いわゆる、紳士じゃないのよ。この『日本紳士録』を、作っているところは、そう判断したからこそ、旭川修の名前を載せていないのよ。私は、そんなふうに、思ったわけ。分かる？」

「ああ、分かった。それで、これからどうするんだ？」

あずさは、一瞬、何かを考えているようだったが、

「旭川修が、理事長を務めている、財団法人日本再生事業団の本部は、新宿《しんじゅく》西口のビルの中にあると書いてあるから、嬬恋に帰る前に、どんなビルに入っているのか、一度、見てみましょうよ」

2

国会図書館の前でタクシーを捕まえ、二人は、それに乗り込むと、運転手に、日本再生事業団の住所を、いった。

タクシーが、走り出すと、あずさは、ハンドバッグの中から、手鏡《てかがみ》を取り出して、化粧《けしょう》を直し始めた。

それを見て、竹田が、笑った。

「君にしては珍しいことをするね。やっぱり、女だったんだ?」

からかうような口調で、竹田が、あずさに、いった。

「バカね」

と、あずさが、いった。

「化粧を直しているわけじゃないわ。つけている車が、いないかどうか、確認しているのよ」

竹田は、チラリと、タクシーの背後に目をやってから、

「例のベンツは、見当たらないぞ」

「ベンツじゃ、気づかれると思って、目立たない国産車を使っているのよ。今、気になってるのは、トヨタカローラの白。国会図書館を出てきた時も、通りの向こうに、同じ車が、停まっていたわ」

と、あずさが、いった。

二人の乗ったタクシーは、やがて、新宿西口に出た。

超高層のマンションや、ホテルが林立している。その中の一つ、超高層ビルの三階に、問題の、日本再生事業団があった。

そのビルの手前で、タクシーを降り、入口のところまで歩いていくと、ビルに入っている会社の名前が、書き並べてあるプレートが、目に入った。

間違いなくそこに、財団法人日本再生事業団の名前が、掲《かか》げてある。三階には、ほかの会社の名前が、ないから、おそらく、三階のフロア全体を、日本再生事業団が、使っているのだろう。

都心の超高層ビルの一フロア全部を借り切っているくらいだから、この日本再生事

業団は、かなり、大きな組織であり、しかも、儲《もう》かっているに違いない。そのために、何か危ないことを、やっているかもしれないと、あずさは思った。

それだけ確認して、二人は、タクシーを拾おうとしたが、空《から》のタクシーが、なかなか、見つからない。

しびれを切らしたのか、竹田が、あずさに向かって、

「仕方がない。新宿駅まで歩こうじゃないか」

と、いった時、やっと、二人の前に、一台の、空のタクシーが停まった。

二人が、それに乗り込むと、

「上野《うえの》駅まで」

と、竹田が、いった。

タクシーが走り出す。

今日一日、あちこち、走り回ったので、疲れていたのだろう。真っ先に、あずさが、居眠《いねむ》りを、始めた。

竹田も、そんなあずさに、合わせるかのように、目を閉じると、そのうち、眠ってしまった。

3

あずさが目を開けて、窓の外を見た時、二人の乗ったタクシーは、明らかに、上野に向かって、走ってはいなかった。

竹田もあずさも、東京で生活していたから、東京の景色には、通じている。しかし、今、タクシーが走っている周辺の景色は、どう見ても、上野という町の、雰囲気ではないのだ。

あずさは、慌《あわ》てて、隣りで居眠りをしている竹田を、突っついた。

「ねえ、ちょっと起きてよ」

目を覚ました竹田が、

「もう、上野に着いたのか？」

と、呑気《のんき》なことを、いう。

「寝ぼけちゃ困るわ。このタクシー、変なところを、走っているのよ。ここ、上野じゃないもの」

あずさが、大きな声で、いった。

竹田が、「えっ」という顔になって、窓の外に目をやった。

大通りを走っているのだが、たしかに、上野という雰囲気ではない。

夜が近づき、少しずつ、周辺が暗くなってきている。

竹田は、体育会系らしく、運転手の座席を、後ろから、蹴飛《けと》ばした。

「おい、いったい、どこを走っているんだ？　上野に行けといっただろう。ここは、上野じゃないぞ」

運転手は、黙ったまま、急に、ハンドルを切った。

大通りから、タクシーが、細い路地に、突っ込んでいく。

急に、周辺の景色が変わった。ビルの姿が消え、その代わりに、周《まわ》りが田園風景になった。

竹田が、二度三度と、運転手の座席を、蹴飛ばす。

「停めろ！」

竹田が、大声で、怒鳴《どな》る。

運転手は、相変わらず、黙ったままで、今度は、途中にあった広場に、車を突っ込んでいった。

急停車するとすぐ、運転手が、車の外に飛び出した。

次の瞬間、エンジン部分から、煙が噴《ふ》き出した。

竹田とあずさは、慌てて、車の外に逃げようとしたが、ロックされているのか、ドアが、開かない。

そのうちに、白煙が、赤い炎に、変わっていった。

リアシートのドアも開かないし、窓ガラスも下がらない。二人が、いくら、ドアのレバーを、操作しようとしても、全く動かないのだ。

あずさは、ハンドバッグで、窓ガラスを、何度も、力いっぱい叩いてみたが、一向《いっこう》に割れそうにない。

「助けて！」

と、あずさが、叫んだ。

その時、かすかに、パトカーのサイレンの音が、聞こえた。

二台のパトカーが、猛烈な勢いで、広場に突っ込んできた。

急停車すると、二台のパトカーから、四人の刑事が、飛び出してきた。そのうちの二人は、大きな消火器を、抱えている。

リアシートにも、白煙が入ってきて、竹田もあずさも、激しく、咳《せ》き込んだ。

消火作業が、始まった。

刑事たちは、大きなハンマーを、振るうと、リアシートのドアを壊して、咳き込んでいる竹田とあずさを、車の外に、引きずり出した。

「大丈夫ですか？」

刑事の一人が、二人に向かって、声をかけてきた。

警視庁捜査一課の、西本という若い刑事である。

エンジンから噴き出していた、炎が消え、白煙だけになった。

しかし、あずさの咳は、まだ止まらない。

「助かったんですか？」

あずさが、咳き込みながら、きく。

「危機一髪《いっぱつ》でしたが、何とか、助かりましたよ。だけど、二人とも、無茶なことをやりますね」

西本刑事が、いった。

その後、西本は、懐中電灯を、取り出して、上に向かって振った。

その時になって、あずさと竹田は、頭上で、ヘリコプターの音がしていることに気がついた。どうやら、そのヘリコプターに向かって、西本刑事が、合図を送ったらしい。

急に、ヘリコプターの音が、消えた。安心して、飛び去ったらしい。

「お二人は、これから、どこに行くつもりだったんですか?」

と、西本が、きいた。

「上野から、草津行の特急で、嬬恋に帰るつもりだったんです」

「そうですか。それでは、念のため、パトカーで、上野駅まで、送りましょう」

と、西本が、いってくれた。

パトカーのうちの、一台を空《あ》けてくれて、リアシートに、竹田とあずさを乗せ、西本は助手席に乗って、パトカーは、発進した。

「僕たちは、危《あや》うく殺されそうになったんですよ」

と、竹田が、いった。

助手席から、西本が、身体をねじ曲げて、二人を見ながら、

「もちろん、知っていますよ。最初から、ずっと見ていましたから」

「警察も、僕たちのことを、尾行していたんですか?」

竹田が、きいた。

「お二人が、あんまり危なっかしいことばかりしているので、群馬県警の青山警部から、連絡をもらいましてね。あなたたちが、東京に行ったらしいというので、行動

を、監視していたんですよ」

「私たちが東京に来ると、一台のベンツが、私たちのことを、ずっと尾行していたんです。だから、ベンツの持ち主を、調べました。分かりましたよ」

と、あずさが、いった。

「日本再生事業団の理事長、旭川修でしょう?」

と、西本が、さらりと、いった。

「何だ、知っていたんですか?」

と、竹田が、いう。

「もちろん、知っていました。白いベンツが、あなたたちの周りを、やたらに、ウロチョロしているんで、こちらとしても、当然、調べましたよ。ただ、尾行していたとしても、ベンツを走らせているだけでは、逮捕することはできませんからね。しかし、お二人が、旭川修に、あまりにも、近づきすぎるので、心配して、警戒していたんです」

と、西本が、いう。

「私たちが一所懸命になって、ベンツの持ち主を調べていたことも、警察には、分かっていたんですか?」

竹田が、きくと、西本は、笑って、

「あんなに堂々と、タクシーを拾って、走り回っていたら、いやでも、目につきますよ。最初に、池袋のベンツの販売店に行き、その後、国会図書館に、行った。あれでは、まるで、自分たちを尾行してくれと、いわんばかりじゃ、ありませんか？」

「でも、私たちは、そうやって、旭川修という男の名前を、突き止めたんですよ」

あずさが、負けずに、いい返すと、西本が、また笑った。

「ええ、分かっています」

「警察は、前から、旭川修のことを、マークしていたんですか？」

竹田が、きいた。

「特に、マークは、していませんでした」

「どうして、マークしてなかったんですか？」

「私たち警視庁捜査一課は、殺人、強盗の捜査が、担当です。日本再生事業団という会社は、潰れかけた会社や旅館などを、再生させることを、主な事業としています。ですから、その仕事を真面目にやっている限り、われわれ捜査一課の対象では、ありません。ただし、理事長の旭川修が、いや、あるいは、事業団の人間が、殺人や強盗に、関係してくるか、関係していることが、明らかになれば、話は変わります。その時点で、われわれの、捜査対象になります」

「それじゃあ、すぐに、日本再生事業団を、捜査の対象にしてくださいよ。西本さんも、見ていたように、連中は、僕たち二人を、タクシーに、閉じ込めて、焼き殺そうとしたんですよ」

竹田は、いったが、西本は、すぐには、うなずかなかった。

「もちろん、そうした事実が、間違いなくあったことは、私も、目撃しました。しかし、われわれが、実際に、捜査を始めるためには、まず、タクシーに、あなた方を乗せて、火をつけた人間が、日本再生事業団の人間なのかどうかを、調べなければなりません」

「私は、あのタクシー運転手は、日本再生事業団に、関係のある人間だと、確信しています」

と、あずさが、いった。

「お二人のことを、殺そうと、したからですか？」

「そうです。それ以外に、考えられないじゃないですか？　すぐに、捜査を始めてください」

「もちろん、事件が、あったのだから、当然、調べますよ。ただし、すぐに日本再生事業団や、理事長の旭川修を、調べるというわけには、いかないんですよ。さっきも、申しあげたように、お二人を乗せた、タクシーの運転手が、日本再生事業団か、あるいは、旭川修と関係があると、証明されるまではね」

と、西本が、いった。

上野駅に着くと、特急「草津」が出るホームまで、西本は、二人を、見送ってくれて、別れしなに、

「さっきもいいましたが、いいですか、くれぐれも、無茶なことは、しないでくださいよ。あなた方は、刑事じゃないんですから」

二人が、嬬恋村に着いた頃には、すっかり夜になっていた。いったん、村役場に、顔を出したが、村長も課長も、すでに、帰ってしまっていた。残っていたのは、当直の職員だけである。

二人は、ガランとした部屋で、話し合った。

「明日には、課長に、報告書を出さなくちゃならないが、どこまで、書いたらいいだろう?」

竹田が、あずさに、きく。

「問題は、私たちが、殺されかけたことまで、きちんと、報告するかどうかかね」

「全部、きちんと報告するとなると、日本再生事業団のことまで、書かなければならなくなってしまうよ。できれば、書きたくないんだ」

「どうして？」

「僕たちが、日本再生事業団のことや、理事長の旭川修のことを、調べていると分かったら、なぜ、調べているのかと、課長や村長に、きかれるし、怒られるに、決まっている。なぜ、そんな、余計なことをするのかといわれてね。それに、相手には、そこまで、調べていないと、思わせておきたいんだ」

「それなら、日本再生事業団に関する報告は、しないでおきましょうよ」

　あずさが、あっさりと、いう。

「もちろん、僕も、そこまで、報告書に書く必要はないんじゃないかと、思っているんだが、新聞やテレビには、事件として、すでに、ニュースとして、出てしまっているんじゃないのかな？　何しろ、タクシーが一台、燃えてしまったんだからね」

　と、竹田が、いった。

「でも、ニュースで、報道されたとしても、たぶん、タクシー一台が、燃えたことだけで、それ以外のことは、報道されないと思うわ」

「どうして？」

「犯人は、日本再生事業団に、関係のある人間だと思うけど、本当のことは、公表しないはずだわ。そんなことをしたら、警察に、捕まってしまうもの」

「じゃあ、問題は、警察のほうだね。もし、警察が、真相をしゃべってしまって、新聞に出てしまったら、僕たちは、どうして、このことを報告しなかったんだと、村長や課長に、叱《しか》られてしまう」

「警察だって、今の段階では、真相を明らかにしないと、思うわ」

と、あずさが、いった。

「どうして？」

「私たちを助けてくれた、西本刑事がいたでしょう？　あの刑事と、話をしていて、分かったんだけど、警察としては、証拠がなければ、動かない、というか、動けないのよ。そういう、組織なんだから、警察が、真相を、ペラペラしゃべってしまうとは、とても、思えないわ。だから、その点は、安心しているの」

「分かった。明日、どんな報告書を、書いたらいいか、結論が出たようだね」

そういって、竹田が、ニッコリした。

4

翌日、竹田とあずさは、まず口頭で、課長と村長に、東京でのことを報告した後、報告書の作成に、取りかかった。

竹田とあずさが協力して、四十分ほどで、報告書を作成し、竹田がそれを持って、課長のところに、行った。

戻ってくると、あずさが、心配そうな顔で、

「どうだった?」

「それがさ、ざっと見ただけで、何も質問をしようともしないんだ。拍子《ひようし》抜けしたよ」

竹田が、いうと、あずさが、

「今、嬬恋の一番の問題は、キャベツ畑で、女性の死体が、発見されたことよりも、キャベツが、売れないことなんですって。何でも、今年は、キャベツができすぎてしまい、価格が、下がって、農家の人たちが、困っているんだそうよ。だから、東京で何があったかの、報告書なんて、あまり、問題にされないんじゃないかしら?」

「そうか。キャベツが、できすぎて困っているのか」

「そうらしいの」

「それなら、最初から、ちゃんと計画して、たくさん、作らなければいいんだ」

「それは、そうだけど、難しいらしいわ」

「どうして？」

「少なく作って、足らなくなったら、どうするの？　農家の損害になってしまうじゃないの」

と、あずさが、いった。

「なかなか、難しいもんだね」

竹田は、無責任ないい方をしてから、

「出かけよう」

と、あずさに、いった。

「どこへ行くの？」

「決まっているじゃないか。ほら、例のニュー軽井沢グランドホテルだよ」

と、竹田が、いった。

二人は、村役場の軽自動車に乗った。

走る前に、あずさが、竹田に、いう。

「ニュー軽井沢グランドホテルだけど、そのホテルって、いったい、どこにあるの？　私は、知らないんだけど」

「地図には、まだ載っていないから、おそらく、最近できたホテルじゃないかな」

「それじゃあ、どこに行ったらいいのか、分からないじゃないの」

「それで、僕も、いろいろと考えてみたんだけど、君のいったように、例の、北軽井沢と嬬恋村の境《さかい》あたりに行ってみようと、思っているんだ。あの辺にあるはずなんだ。そのホテルが、完全に、北軽井沢にあるのなら、別に、問題はないからね」

と、竹田が、いった。

車を走らせて、嬬恋村と、北軽井沢の境あたりを、走ってみる。

「あったぞ！」

竹田が、叫びながら、車の前方を、指差した。

あずさが、その方向に、目をやると、そこに、ニュー軽井沢グランドホテルの看板が、出ていた。かなり大きな、立派なホテルである。

二人は、車から降りた。

「ここは、どう見ても、嬬恋村の土地よ。北軽井沢じゃないわ」

と、あずさが、いった。

「たしかに、ここは嬬恋村だ」

と、竹田も、いった。

すぐ、あずさが、携帯を取り出し、課長にかけた。

「今、ニュー軽井沢グランドホテルというホテルの前にいます。ここは、明らかに、嬬恋村の土地です。それなのに、軽井沢を、名乗っています。それに抗議して、軽井沢という名前を、取るように、注意したほうがいいと、思いますけど」

と、あずさが、いった。

「そのことについては、もう納得している。そのままにしておけ」

課長は、意外な、いい方をした。

「納得しているというのは、どういうことでしょうか？」

「まさか、君たちは、そのニュー軽井沢グランドホテルに、もう、文句をいってしまったんじゃあるまいね？」

「いいえ、まだ、何もいっていません。できれば、課長から注意していただくほうがいいと思ったので、電話をしたんです」

「だから、そのままにしておけと、いっているじゃないか？　とにかく、すぐ帰ってきなさい。戻ってきたら、私のほうから、説明する」

と、課長が、いった。

納得できないまま、二人は、村役場に、引き返した。

勢い込んで、課長に会うなり、撮《と》ってきたニュー軽井沢グランドホテルの写真を、課長に見せて、

「あの土地は、間違いなく、嬬恋村です。ですから、抗議したほうが、いいと思います。放っておくと、嬬恋村の土地が、軽井沢という名前に、変わってしまいますよ」

課長は、黙って、二人のいうことを、聞いていたが、

「キャベツだよ。キャベツ」

と、いった。

二人は、キョトンとした顔になって、

「課長のおっしゃっている意味が、よく分からないのですが、キャベツって、いったい、何ですか？」

竹田が、きいた。

「あのホテルを、経営している会社は、日本全国に、ニューグランドという名前のホテルを展開している。建築確認申請も、通っているんだ」

そういいながら、課長は、引出しから、一枚のパンフレットを取り出して、二人の前に、置いた。

そのパンフレットには「ニューグランドホテルは、日本全国にあります」という大きな見出しがあり、北海道《ほっかいどう》から沖縄《おきなわ》までの、十カ所に展開するホテルの、写真を載せていた。

そのパンフレットを見ながら、

「日本全国に、展開しているホテルだからといって、何も、遠慮することはないと、思いますけど」

と、あずさが、いった。

「君たちが、東京に行っている間に、私と村長とで、そのホテルのオーナーに、会いにいったんだ。その時に、オーナーが、約束したんだよ。今後、毎年、日本全国に展開する、十カ所のホテルで使うために、嬬恋村のキャベツを、大量に購入するとね。実際に、今年出荷を控えていたキャベツを大量に、あのホテルが、引き取ってくれたんだよ。それも、適正な値段でね。これから先も、毎年、一定の量を、必ず買ってくれるとなれば、農家も、喜ぶに決まっている。そんなありがたい、ニューグランドホテルチェーンに、軽井沢という名前を使うなとは、いえんだろう」

と、課長は、いう。それでも、若い竹田は、

「課長がおっしゃったことは、分かりますが、それとこれとは、別だと思います」

と、いった。

それに加勢するように、あずさも、

「キャベツを、大量に買ってもらえるというのは、たしかに、嬬恋村にとっては、ありがたい話ですが、軽井沢という名前を使うのは、間違っていると、思います」

「考えてみたまえ」

と、課長が、いった。

「向こうは、あのホテルに、軽井沢という名前を使えるので、大量のキャベツを、買おうとしているんだぞ。いわば、これは、商売上の取引なんだよ」

「あのホテルは、何という会社が経営しているのか、ご存じでしょうか？」

「もちろん、私だって、それぐらいのことは知っている。全国に散らばるニューグランドホテルは、一時、経営不振に、陥《おちい》ってしまってね。それまで、十五あった同系列のホテルのうち、五つのホテルの、経営権が、別の会社に、渡ってしまった。それで、再生の専門家だという、日本再生事業団に、ホテルの再建を、依頼した。その中で、ニュー軽井沢グランドホテルを入れた、十館のうち、半分の五館は、今も、日本

再生事業団が、経営を、行っている。日本再生事業団が作った、再生計画があって、その中に、毎年、嬬恋村のキャベツを、大量に買って、それをホテルの名物料理にするという計画が、入っているんだ」

「課長も、日本再生事業団のことは、ご存じだったんですか？」

「もちろん、知っている。君たちも知っていたのか？」

「先日までは、知りませんでしたが、東京に行った時に、初めて、知りました」

「しかし、報告書の中には、書いてなかったぞ」

「日本再生事業団と、嬬恋村とは、今のところ、何の関係もないと、思ったものですから、書きませんでした」

竹田が、いい、あずさは、

「課長は、どうして、日本再生事業団のことを、ご存じだったんですか？」

「最近、テレビや新聞なんかを、見ていると、倒産する会社とか、老舗の旅館や、料亭が多くて、そのためか、倒産寸前の会社や旅館の再生を、仕事にする企業が増えてきている。ニュースを見ていると、それが、よく分かるんだよ。だから、私の頭の中にも、いつの間にか、そうした団体のことが入ってしまったんだ」

「しかし、そうした専門の会社が、増えるというのは、世の中にとっては、あまり、いいことでは、ありませんね」

あずさが、もっともらしいことを、いった。

5

次の日曜日、竹田とあずさは、誘い合わせて、万座温泉に行った。東京のことで、いささか疲れてしまったので、一泊して、温泉にでもゆっくり入って、リフレッシュしようと考えたのである。もちろん、泊まる旅館は、嬬恋館である。

二人が玄関から入っていくと、奥から出てきた嬬恋館の女将《おかみ》さんが、ニコニコしながら、二人に、声をかけてきた。

「お二人で、東京に、行ってらっしゃったんですってね？」

「ええ」

「何をしに、わざわざ、東京まで行っていたの？」

「例の、キャベツ畑で見つかった、死体のことなんです」

と、あずさが、いった。

「ああ、あの事件ね。まだ、解決してないみたいね？」

「そうなんですよ。でも、ここに来てやっと、東京の警視庁も、動き出したので、まもなく、犯人が捕まって、無事に解決すると、思っているんですけど」

と、あずさが、いう。

「あの事件のことよりも、僕には、自分の住んでいる、嬬恋村の将来が、心配なんです。何だか、だんだん侵食《しんしょく》されているような気がして、仕方がないんです」

と、竹田が、いった。

「侵食というと、例の、軽井沢のことでしょう?」

女将さんが、いった。

「そうなんですよ。明らかに、嬬恋の土地に、ホテルを、建てているのに、ホテルの名前は、嬬恋ではなくて、軽井沢になっているんですよ。それに対して、きちんと、抗議をすべきだと、課長に、いったんですが、課長は、あのホテルが、キャベツをたくさん買ってくれるんだから、文句はいえないと、妙に、弱気なんです」

と、竹田が、いった。

「ニュー軽井沢グランドホテルというのは、嬬恋のキャベツを、たくさん買ってくれるわけ?」

「本当に、キャベツを買うのは、ホテルではなくて、ホテルの後ろにいる、日本再生事業団という組織なんですがね」

　竹田が、いうと、女将さんは、「えっ」という顔になって、

「そのホテルって、日本再生事業団が、関係しているの？」

「女将さんは、日本再生事業団を、ご存じなんですか？」

「私自身は、直接、知っているわけじゃないけど、万座温泉に、瀬川《せがわ》旅館という、老舗の旅館があるの」

「その旅館なら、名前を、聞いたことがありますよ。たしか、オーナーが瀬川さんという人なんでしょう？　それで、瀬川旅館と名乗っていて、大正《たいしょう》時代から、続いている、万座でも、一、二を争う老舗旅館でしょう？」

「そうなんだけど、最近、改装したところ、お金がかかりすぎてしまい、その割には、新しいお客さんを開拓できなくて、倒産寸前まで、追い込まれてしまっていたんです。そこで、何とか立て直したいと思って、相談にいったのが、今、あなたがいった、日本再生事業団だったのよ」

「本当ですか？　今の話、間違いありませんか？」

　思わず、竹田は、女将さんに、しつこく、確かめてしまった。まさか、こんなところで、日本再生事業団の名前を、聞くことになるとは、思っていなかったからであ

る。

「最初は、瀬川旅館の女将さんから、私が、相談を受けたの。どうにも、資金的に苦しくて仕方がないって。でも、私のところはお金がないから、助けてあげることが、できなかった。向こうは、日本再生事業団という組織があることを、知って、そこに、相談をしてみたんですって。そうしたら、いろいろと、力を貸してくれることになったと、瀬川旅館の女将さんは、ひどく、喜んでいたんだけど、でも、私は、日本再生事業団に、関わるのは、あまり賛成じゃなかったの」

「どうして、賛成じゃなかったんですか？」

竹田が、きいた。

「ああいう会社というか、組織が、最近、どんどん増えているでしょう？　赤字で倒産寸前の、旅館とかホテルに、乗り込んでいって、再生するみたいな会社が。そんな中で、日本再生事業団というのは、あまり、評判がよくないのよ」

「評判がよくないって、どんなふうにですか？」

今度は、あずさが、きいた。

「やり方が、冷たいというウワサも聞いたし、ヘタをすると、乗っ取られてしまうという話も、聞いたから」

と、女将さんが、いった。

二人は、昼食を食べるために、旅館を出たついでに、問題の老舗旅館、瀬川旅館に回ってみることにした。

すでに、内部の改装に取りかかっていて、たくさんの職人たちが、せわしなく、出入りしていた。

旅館の駐車場には、職人たちの車もあったが、その中に、ベンツのスポーツカーが一台、駐まっているのが、目に入った。

ナンバープレートから、間違いなく、旭川修の車であることが、分かった。

そこで二人は、離れた場所から、じっとその車を監視した。

あずさが、写真を撮った。

しばらくすると、若い女性が、旅館から出てきた。すかさず、あずさが、レンズの倍率を上げて、その女性の写真を、何枚も、撮った。

そのうちに、突然、トランクが開き、そこから屋根が出てきて、車を、覆《おお》ってしまった。

そうなると、助手席に乗り込んだ女性の顔は、よく見えない。

すると、それを、待っていたかのように、今度は、一人の男が、出てきて、車の運転席に、乗り込んだ。旭川修のようである。

その車に向かって、あずさは、必死になって、写真を撮り続けた。

その間に、二人を乗せたスポーツカーは、動き出し、あっという間に、竹田とあずさの視界から、消えてしまった。

「写真、撮った？」

竹田が、きいた。

「ええ、もちろん、撮ったわ」

あずさが、嬉《うれ》しそうな顔で、いう。

「あの女が、何者なのか、調べてみたいね」

と、竹田が、いった。

しかし、心のどこかで、そうなれば、さらに、危ないことになるかもしれないという、不安も感じていた。

第四章　嬬恋《つまごい》が消える

1

東京の府中《ふちゅう》警察署に、捜査本部が設《もう》けられた。殺人未遂《みすい》事件の捜査本部である。被害者は、嬬恋村役場の、竹田清志と三木あずさ。

その捜査本部に、ひょっこり、被害者の竹田清志と、三木あずさの二人が、顔を出した。

応対に出た西本刑事が、二人をすぐ、十津川警部のところに、連れていった。

「警部に、何か、相談したいことがあるそうです」

十津川は、二人を座らせ、インスタントコーヒーをふるまった。

「この捜査本部って、僕たちの事件を扱っているわけですよね？」

竹田が、部屋の中を見回しながら、きいた。

「その通りです。ところで、今日は、どんなご用ですか?」

十津川が、きいた。

「まず、見ていただきたい写真があるんです。ここに写っている女性のことを、調べてほしいんですよ。彼女が、いったい、どこの誰なのかを、知りたいんです」

竹田が、いうと、あずさが、ハンドバッグから、数枚の女性の写真を、取り出して、十津川の前に、置いた。

十津川は、その中の一枚を、手に取ると、

「この女性が、今回の事件に、関係があるんですか?」

「関係があるに、違いないと、僕たちは、思っています」

と、竹田が、いった。

「どうして、事件に、関係があると、思うんですか? その理由を、話してみてください」

十津川が、いった。

「この写真は、万座温泉で、撮ったんです。この女性は、例の、日本再生事業団の理事長、旭川修と一緒に、ベンツに乗って、現れたんです。旭川修が、今回の事件に、関係しているとしたら、当然、この女性も、関係している。そう考えてもいいと思います」

竹田が、いい、横から、あずさが、つけ加えて、

「この女性は、おそらく、旭川修の彼女だと、思いますよ」

「なるほど、お話は分かりましたが、それだけですか？」

「それだけって、これだけで、十分なんじゃありませんか？　彼女のことを、調べていただけますよね？」

竹田が、ムッとした顔で、きく。

十津川は、苦笑して、

「どうして、十分なんですか？」

「だって、今度の事件の裏側には、旭川修という、日本再生事業団のボスがいるわけでしょう？　この女性は、その旭川修と一緒に、ベンツで、万座温泉にやって来たんですよ。旭川修が、事件に関係があれば、当然、この女性も事件と、何らかの関係があると思っていいんじゃありませんか？」

「いいですか、今回の事件の裏側に、旭川修という、日本再生事業団の理事長をやっている男が、いるのではないかというのは、あくまでも、われわれの推測にすぎない

んですよ。今のところ、何の証拠も、ありません。まして、あなたたちに対する殺人未遂事件を、旭川修が命じてやらせたという証拠は、何一つないのです。また、この女性は、旭川修の単なる連れに、すぎないわけでしょう？　彼女が、何らかの犯罪に、手を染めているということではない。そうでしょう？　だとすれば、警察といえども、この段階では、彼女の身辺捜査は、できませんね」

十津川は、厳《きび》しい口調で、二人に、いった。

「それでは、この女性のことを、調べてもらえないんですか？」

あずさが、声を大きくした。

「今の段階では、無理です。ただ、何か証拠が出てきて、旭川修が、事件の容疑者ということになったら、お二人が中止といっても、われわれは、旭川修と、連れの女性について、徹底的に調べますよ。しかし、今は、無理です。闇雲《やみくも》に、怪しいからといって、何でもかんでも、調べるというわけにはいかないんですよ」

十津川は、さとすように、いった。

2

竹田とあずさの二人は、怒って、捜査本部を出た。

駅前まで歩いていく途中で、竹田が急に、あずさに向かって、

「あっ、いけない。大事な写真を忘れてきちゃったよ」

「そうなの？」

「ああ。すぐに戻ろう」

「その必要はないわ」

「しかし、写真をあのまま、置いておいても、警察は、何も、調べてくれないよ」

「そうかもしれないけど、あの写真ね、わざと、そのまま置いてきたのよ」

あずさの言葉に、竹田は、目を丸くして、

「どうして？」

「私ね、賭《か》けてみたの」

「賭けるって？」

「問題の女性の写真が、五枚あったでしょう？　あれを、わざと、机の上に、バラバ

ラに置いてきたの。十津川という警部だって、彼女のことが、気になって、仕方がないんだと思うわ。今の段階では、調べるわけにはいかないなんて、いってたけれど、本音は、違うと思っているの。だから、わざと忘れたふりをして、置いてきたのよ」

「それで、調べるかな？　何しろ、刑事は、役人なんだからね」

と、竹田が、いう。

あずさは、笑って、

「それなら、私たちだって、立派な、お役人だわ」

3

十津川は、三田村《みたむら》と、北条早苗《ほうじようさなえ》刑事の、二人を呼んだ。

十津川は、二人に、竹田とあずさが置いていった、五枚の写真を、渡した。

「この女性のことを、君たちに、調べてもらいたいんだ」

「これは、どういう写真なんですか？」

三田村が、渡された写真を、見ながら、きいた。

「これは、さっき帰った、嬬恋村役場の二人が、自分たちが、撮影したといって、見せてくれた、写真だ」

「その二人が、写真を、忘れていったんですか？」

　北条早苗が、きくと、十津川が、笑って、

「忘れたふりをして、わざと、置いていったんだ」

「どうしてですか？」

「自分たちでは、調べることができないから、警察に調べてくれと、頼みにきたんだ。私が、断ったんで、わざと置いていったんだろう」

「警部は、なぜ、断ったんですか？」

「この写真に、喜んで飛びついたら、われわれ警察のことを、あの二人は、甘く見るようになる。そうなると、これからの捜査に、支障が出かねない。そう思ったので、わざと、関心がないように見せて、断ったんだよ」

「一度断ったのに、二人を、助けてやるんですか？」

「向こうにしたら、忘れたふりをして、写真を置いていけば、警察が調べてくれるだろうと、内心では、おそらく、期待しているんだ。困って、置いていったんだから、ここは一つ、調べてやろうじゃないか？　それにだ、この女性は、ひょっとすると、今回の事件のカギを、握っているかもしれないからね。調べてみるだけの価値は、十分にあると、思っているんだ。だから、君たちで、調べてみてくれないか？」

4

三田村と北条早苗の二人の刑事は、社会奉仕の親睦《しんぼく》団体であるライオンズクラブの東京本部に、行ってみることにした。旭川修も、おそらく、ライオンズクラブの一員だろうと、考えたからである。

ライオンズクラブの東京本部は、大手町《おおてまち》にあった。地下鉄の駅近くの、雑居ビルの三階である。

二人の刑事が、訪ねていって、警察手帳を見せると、五十歳くらいの、栗山《くりやま》という職員が、応対してくれた。

「日本再生事業団の旭川修さんは、こちらのライオンズクラブの会員では、ありませんか？」

と、三田村が、きいた。

「そうです。旭川さんは、私が、こちらのクラブに、入った頃からの方ですから、たしか二十五年ほど前から、ライオンズクラブ東京に、入っていらっしゃいます」

栗山が、いう。

「熱心な会員ですか？」

「会合があれば、必ず、顔を出していらっしゃいますから」

「それでは、この写真を、見てください。ここに写っている女性は、旭川さんと、親しいといわれている方ですが、この人の身元について、何か、ご存じじゃありませんか？」

三田村が、いい、北条早苗が、持参した五枚の写真を、栗山に、見せた。

栗山は、写真をちらっと一目見るなり、小さくうなずいて、

「この方でしたら、よく知っていますよ。この方も、ウチの会員になっていらっしゃいますから」

「この女性の名前と、旭川さんとの関係を、教えてください」

三田村が、いった。

「お名前は、長谷川《はせがわ》久美子《くみこ》さんです。旭川さんの、ご紹介で、去年の四月から、会員になられましたが、旭川さんとの関係までは、私には、分かりかねます」

「どういう仕事を、されている方ですか？」

と、早苗が、きいた。

「三十二、三歳の、まだ若い、独身の方ですが、新宿の西口に本社のある、人材派遣会社の、社長さんだと、お聞きしています。旭川さんとは、仕事でつながっていて、親しくされているのではないですかね」

「仕事のつながりというと、どんなことでしょうか？」

「私には、詳《くわ》しいことは、分かりませんが、日本再生事業団の、旭川さんは、潰《つぶ》れかけた会社や旅館などを、再生する事業を、されていらっしゃいます。再生に当たって、反対する社員をクビにし、同じ数の人間を、長谷川さんの人材派遣会社から、再生した会社や旅館に、送り込むんだそうですよ。その点で、仕事のつながりが、あるんじゃありませんか？」

長谷川久美子が経営している、人材派遣会社の名前は「ジャパン21」で、本社は、新宿西口の超高層ビルの中にあると、栗山は、教えてくれた。

5

このあと、三田村と北条早苗の二人は、長谷川久美子が社長をやっているという、人材派遣会社「ジャパン21」の評判を集めることにした。

そこで、「ジャパン21」のライバルの、池袋に本社のある人材派遣会社に行き、松《まつ》本《もと》という広報部長に、会った。

二人が、「ジャパン21」という会社のことや、社長の長谷川久美子のことを、聞きたいというと、

「ああ、あの、ジャパン21ですか。ウチの社長は、あの会社のやり方が気にくわないと、いっています。もちろん、会えば、挨拶《あいさつ》くらいはしますが、せいぜい、その程度のつきあいです」

「松本さんも、同じですか？」

「もちろん、私もそうです」

「しかし、ジャパン21の、長谷川久美子さんという社長は、独身の若い女性で、しかも、美人だから、話をするのは、楽しいんじゃありませんか？」

三田村が、きくと、松本は、小さく笑って、

「ウチの会社もそうなんですが、人材派遣会社の仕事は、お客さんから要望があって初めて、その要望に、応《こた》えられる人材を派遣するわけです。ところが、長谷川社長のやっている、ジャパン21は、そんな要望がなくても、自分のほうから、勝手に、人間を、押し込んでいくんですよ。あの会社が、日本再生事業団と組んで、仕事をやって

いることは、ご存じですか？」

「知っています。少し前に、その話を聞きました」

と、早苗が、いった。

「それなら、話が早いです。日本再生事業団は、潰れかけた会社とか、経営不振に陥《おちい》った旅館などを、再生させることを、専門にやっている会社ですがね。まず最初に、リストラと称して、社員や従業員の、三分の二をクビにして、その後に、長谷川社長のやっている、ジャパン21から、半《なか》ば強引に、人間を送り込むんです。そうやって、会社や旅館を支配してしまう。別に、法律違反をしているわけではありませんが、かなり、あくどいやり方ですよ」

と、松本が、いった。

「日本再生事業団は、今までずっと、そんな仕事のやり方を、して来ているんでしょうか？」

「そうですよ。私が聞いている限りでは、日本再生事業団は、今までに、五つの会社と、二つの旅館を、再生させたといって、自慢しているようですが、やり方は、どれもこれも、今申し上げた方法です。まず、三分の二の社員や従業員を、リストラと称して、クビにしてしまい、同じ数の社員や従業員を、ジャパン21が、勝手に選んで、その会社なり旅館なりに、強引に押し込んでしまうんですよ」

「それじゃあ、再生というより、乗っ取りじゃありませんか」

と、三田村が、いった。

「形としては、たしかに、そうなんですが、会社の社長や重役たち、それから、旅館の女将《おかみ》やマネージャーなどは、そのまま、残しておきますから、乗っ取りには、ならないんですよ。あくまでも、経営を正常にするための、リストラだと、主張していまず」

「社長や女将は、そのまま残すといっても、従業員の三分の二は、代わってしまっているんでしょう？」

「そうです」

「それなら、社長や女将の命令だって、聞かなくなってしまうんじゃありませんか？」

「その通りですよ。日本再生事業団というのは、今までにいくつもの会社、旅館、ホテルなどを再生させたといって、テレビなんかで自慢していますが、その方法は、かなり、あくどいというか、強引なやり方ですから、最初は、上手《うま》く再生したように見えますが、そのあとで、また倒産したり、潰れたりしているんです」

「再び、倒産した会社や、潰れた旅館なんかは、どうするんですか?」

「売却していますよ」

「しかし、勝手に、売ることはできないでしょう? 何しろ、会社の元社長や旅館の女将、マネージャーなんかが、残っているんですからね」

「それがですね、旭川さんは、会社を売るか、そのまま残すかどうかの決定を、社員や従業員の投票で決めているんです。そうなれば、三分の二の社員、従業員は、ジャパン21から、派遣されてきていますから、当然、売却に賛成ということになって、旭川さんの、狙い通りになってしまうんです。それが、旭川さんの考えた筋書なんですけどね」

「それでは、日本再生事業団の、旭川理事長と、ジャパン21の、長谷川久美子社長との関係は、どうなんですか? ただ単に、お互いに、メリットがあるので、ビジネス上だけで、付き合っている。そういう、関係でしょうか?」

三田村が、きくと、松本広報部長は、また笑った。

「私は、ウチの社長と、同業の会社の会合や、パーティなんかに出かけるんですが、そこで、ジャパン21の、長谷川社長や、日本再生事業団の、旭川理事長と、よく顔を合わせますよ。二人は、会合やパーティの途中で、消えるんですよ、旭川理事長の車で。とても、ただのビジネスパートナーという感じじゃありませんね。ただ、日頃、プライベートで、どういう付き合いをしているのかは、本人に聞いたことはないので、本当のところは、分かりませんがね」

「旭川理事長は、独身ですか？」

「いや、奥さんがいると、聞いていますよ。年上の奥さんらしいんですがね。たしか、お子さんも、いらっしゃるんじゃありませんかね？」

「それでも、旭川理事長は、ジャパン21の長谷川社長と、いつも、一緒なんですか？」

「長谷川社長のほうは、まだ、三十代で、独身だそうですし、写真を、ご覧になれば分かるように、なかなかの美人で、男好きのする顔をしていますからね。男だったら、放っておけないいんじゃありませんか？」

と、松本が、いった。

6

三田村と、北条早苗は、捜査本部に戻ると、分かったことを、十津川に報告した。

話を、聞き終わると、十津川は、そばにいる亀井《かめい》刑事に、向かって、

「カメさんは、今の二人の話を、どう考えるね？」

「会社や旅館などの再生を請け負《うお》う、日本再生事業団の理事長と、人材派遣会社の女性社長の二人が、仕事上で、コンビを組んでいるというのは、納得できますよ。この二人の仕事の内容を、考えれば、最適なコンビといってもいいんじゃありませんか。しかし、どう考えても、悪のコンビですね。やり方が汚い。でも、ある意味、会社や旅館を乗っ取るには、うまい方法だと、思います。彼らのやり方は、別に、法律に触《ふ》れているわけじゃありませんしね。ただ、私には、一つだけ、分からないことがあります」

と、亀井が、いった。

「どこが、分からないんだ？」

「先日、捜査本部を訪ねてきた、例の二人の若者が、いましたね？」

「ああ、竹田清志と、三木あずさという、嬬恋村役場の、新人二人のことか」

「そうです。あの二人は、東京に来た時、車に、閉じ込められて、危うく、殺されかけました。確証はありませんが、日本再生事業団の理事長、旭川修の指示で、タクシーを使って、竹田清志と三木あずさの二人を、車ごと焼き殺そうとしたと思われてい

ます。しかし、旭川修は、別に、嬬恋村の、村役場を乗っ取ろうとしているわけじゃないでしょう？　それなのに、どうして、村役場の職員、それも、まだ入ったばかりの新米の二人を、車ごと、焼き殺そうとしたんでしょうか？　それが、どうしても、分からないんです」

「そうだな。この殺人未遂は、会社や旅館の乗っ取りとは、関係ないかもしれないね」

十津川は、亀井に向かって、

「明日、嬬恋村に、行ってみようじゃないか」

と、声をかけた。

7

翌日、十津川たちは、上野から、特急「草津」に乗った。嬬恋村に行くのは、これで、三度目である。

列車の座席に腰を下ろすと、亀井が、

「今朝の、朝刊を読んでいたら、嬬恋村では、キャベツができすぎて、値段が暴落して困っていると、書いてありました。何でも、嬬恋村だけではなくて、日本中のキャベツの生産地で、できすぎで値段が下がって、困っているそうですよ」

「その記事なら、私も、読んだよ。天候の不順などで、収穫できないのも、困るが、逆に、できすぎるのも、考えものだね。なかなか、難しいもんだ」

嬬恋村に、着くと、十津川は、村長に、

「竹田さんと、三木さんの二人を、しばらく、貸していただけませんか？」

と、頼んだ。

村長が承諾すると、十津川は、二人を、村役場近くの喫茶店に、連れていった。

十津川が、まず、例の女性の写真を、二人に返した。

三木あずさが、眉《まゆ》を寄せて、

「結局、何の役にも、立たずですか？　そちらに置いておけば、警察が、調べてくれるものと、思っていたんですけど」

「ちゃんと調べましたよ」

と、いって、十津川は、ニヤリとした。

「名前は、長谷川久美子、今年三十二歳で、独身です。現在、新宿西口に本社のある、ジャパン21という、人材派遣会社の社長です。日本再生事業団の、旭川理事長と一緒に、東京の、ライオンズクラブの会員になっています。会合や、パーティなどがあると、二人で、よく顔を出しているそうです」

十津川が、いった。

「ありがとうございます。そこまで、調べてくださって」

と、あずさは、礼をいったが、

「でも、日本再生事業団と、人材派遣会社とでは、あまり、関係があるようには、思えませんけど」

「それが、あるんですよ。日本再生事業団は、経営状態の悪化した会社とか、赤字で、潰れかけている旅館やホテルの、再生を依頼される。その時、理事長の旭川はまず、再生に、必要だといって、社員の多くを、リストラするんです。会社の場合もホテルや旅館の場合も、経営改善に、必要だといって、社員、あるいは、従業員の三分の二を、リストラしてしまい、そうしておいて、今度は、長谷川久美子の人材派遣会社、ジャパン21から、自分たちの息のかかった人間を、会社なり旅館なりに、強引に、押し込んでしまうんですよ。会社の社長や重役たち、それから、ホテルや旅館の支配人や女将は、そのままにしておくから、この行動は、別に法律に違反するわけではないんです。社員や、従業員の三分の二をリストラしてしまえば、経営も健全化の方向に、向かいますが、当然、また経営状態が悪化する。その時を狙って、旭川は、その会社なり、旅館なりを、売却してしまうんです」

「そういうことですか。今の、刑事さんのお話を聞く限り、何とも強引なやり方ですね。そんなことになったら、社員や従業員は、当然、売却に、反対するんじゃありませんか？」

「よく考えてみてください。人材派遣会社の、ジャパン21から、息のかかった人間を、会社なり旅館なりに、押し込んでしまっているんですよ。会社を、あるいは、旅館を、売却するかどうかについて、社員や従業員の、投票によって決める。そうなれば、売却の方向に決まってしまう。誰が考えても、分かることですよ」

「それって、会社や旅館の、乗っ取りじゃありませんか？」

あずさが、目をむいた。

「そうですよ。どう考えても、乗っ取り以外の何ものでも、ありません。しかし、合法的で、法律に触れるわけではないんですよ」

「それじゃあ、あの旅館も、今は、再生すると、いっていますが、危ないですね」

と、竹田が、いった。

「こっちでも、同じようなことが、進行しているのですか？」

「万座温泉に、無理をして、大改造をした旅館があるんです。瀬川旅館という老舗《しにせ》の旅館なんですけど、そこに、旭川と、長谷川久美子の二人が、乗り込んできているんですよ」

と、あずさが、いった。

8

「その瀬川旅館の話も、後で詳しくお聞きしますが、われわれは、もっと、違ったことを、日本再生事業団の旭川理事長と、ジャパン21の長谷川社長とが、この、嬬恋村でやろうとしているのではないかと、疑っているんです。しかし、いったい、何をやろうとしているのか、具体的なことが、分かりません。お二人は、分かりますか？」

十津川が、きく。

「警部さんが、いうのは、会社や旅館の再生、乗っ取りとは、違うことですか？」

竹田が、真剣な表情で、考え込んでいる。

「おそらく、もっと、大がかりで、もっと利益が、上がることじゃないかと思います。それも、この嬬恋に、関係のあることだと、われわれは、思っています」

「警部さんは、どうして、そう、思われるんですか?」

「東京で、嬬恋村役場のあなた方が狙《ねら》われて、危うく、殺されそうになったからです」

と、亀井が、いった。

「嬬恋村に、関係があることですか?」

竹田も、あずさも、口の中で小さくつぶやいて、考え込んでいたが、

「あのことかもしれませんね」

と、あずさが、いった。

「あのこと? その話をしてもらえませんか?」

と、十津川が、いった。

竹田も、小さく、

「あっ」

と、つぶやいてから、テーブルの上に、群馬県嬬恋村の、地図を広げた。

あずさが、その地図の一点を、指で、押さえながら、十津川に、いった。

「この辺りは、北軽井沢と呼ばれています。反対側は、嬬恋村です。ところが、最近、嬬恋村側の土地を買い込んで、ホテルや、旅館を経営する人が、いるんですけ

ど、その人たちは、新しい、ホテルや旅館の名前に、北軽井沢とか、軽井沢という名称を、勝手に、つけているんです。最近、嬬恋村のこの辺りに、ニュー軽井沢グランドホテルというホテルが、建っていて、その経営に、日本再生事業団の、旭川理事長が、関係しているんです。ここは明らかに、嬬恋村なんですが、軽井沢という名前を、使っているんです」

「嬬恋の村役場として、それに、反対することはできないんですか？」

十津川が、きくと、今度は、あずさが、答える。

「このニュー軽井沢グランドホテルですが、姉妹館というのでしょうね、同系列のホテルが、全国に、十軒あるんだそうです。そのホテル全体で、嬬恋村で、生産するキャベツを、毎年一定量、それも、一定の値段で、購入すると約束したんですよ。嬬恋村に、してみれば、毎年、キャベツの生産量と価格が、問題になりますから、決まった量を、決まった価格で、必ず買ってくれるというお客さんがいるのは、大変助かるんです。それで、村長も、観光商工課長も、このホテルが、軽井沢という名前をつけることに、強く反対できないらしいんです」

「なるほど」

と、十津川は、うなずいてから、

「実は、われわれが、考えているのは、もっと大きな切実な問題なんですよ。一つの旅館が、あるいは、ホテルが、日本再生事業団と、ジャパン21に、乗っ取られるかどうかという、話ではなくて、もっと大きな話なんです」

「そういうことなら、あのことしかないでしょうね」

と、竹田が、いう。

「あのことって、何ですか？」

十津川が、きく。

竹田が、何かいおうとするのを、制する格好で、あずさが、

「最近、北軽井沢とつながっている、嬬恋村の土地を、強引に、買い占《し》めようとする人間が、現れたんです」

と、いった。

「その話は、聞いていますよ」

「嬬恋村の土地は、標高が高く、空気も乾燥しているので、軽井沢と同じように、いや、夏なんかは、軽井沢よりも一層、すごしやすいところなんです。そのよさを狙って、土地の買い占めが、起きているんですよ。すでに、この辺の土地の半分以上が、買い占められています。北軽井沢と、つながっているのに、嬬恋村の土地のほうが、

はるかに、安いのです」

「だから、権力を持った、政治家が、この辺り、北軽井沢の土地とつながっている、嬬恋村の土地を、北軽井沢と呼ぶことにしてしまうのではないか？　そんな危惧《きぐ》を、村長たちは、持っているんです。もし、そんなことになってしまったら、嬬恋村の土地を買い占めた人間は、大儲《おおもう》けができる。村長は、何としてでも、それだけは防ぎたいと、いっているんです」

「なるほど。まるで、軽井沢共和国を建設するようなものですね」

と、亀井が、いった。

「嬬恋村の一部が、軽井沢、あるいは、北軽井沢という名称になれば、土地は、高騰《こうとう》します。この辺の土地を買い占めている奴は、大儲けをすることが、できるんです」

竹田が、いい、横から、あずさが、

「嬬恋村の土地が、大きく減ってしまうかもしれないんです」

「嬬恋村の土地を、買い占めているのは、どんな人間なんですか？」

「えっ？　ご存じでしょう？　中野由美をかたって、キャベツ畑で殺されていた女性と、彼女と一緒に、嬬恋館に宿泊していた、上田幸男と名乗った男、この二人です。テレビのニュースでも、流されたと思いますが」

「ええ、そうでしたね。われわれも知っていますよ。それで、あなた方は、カップルの背後に、日本再生事業団の、旭川理事長がいる、そう考えておられるのですね？」

十津川が、二人を、見た。

9

十津川たちが、東京に帰り、竹田とあずさは、村役場に、戻った。

二人が、自分の席に座ると、待っていたように、課長が来て、

「私と一緒に、来なさい」

と、いい、二人を、村長室に、連れていった。

部屋に入っていくと、そこにいた村長も、難しい顔を、していた。

「とにかく、そこに、座りなさい」

村長は、いってから、

「警察の人と、いったい、どんな話を、したのかね？」

「日本再生事業団という会社が、あります。その理事長が、旭川修という男ですが、この理事長と、いつも、一緒にいる女性のことを、十津川警部たちが、調べたといっ

て、教えに来てくれて、私たちは、報告を、聞いただけです」

と、竹田が、いった。

「君たちが、警察に、調べてくれと、頼んだんじゃないのかね？」

「いいえ。私たちは、そんなことは、何もしていません。警視庁捜査一課が勝手に調べて、どういう女性なのかを、教えに来たんです」

「それで、どんな話になったのかね？」

村長の顔は、最初から、ずっと、難しいままだった。

「日本再生事業団は、潰れかけた会社や、旅館などを、テコ入れして、再生させるという、事業をやっています。世間的には、そうした、素晴らしいことを、やっている会社だと、いわれていますが、実際には、乗っ取って売却し、莫大《ばくだい》な利益を、得ているんです。その片棒を担《かつ》いでいるのが、写真の女性で、彼女の名前は、長谷川久美子といい、ジャパン21という、人材派遣会社の社長をやっています」

「しかしだね、君がいったように、日本再生事業団の旭川理事長と、ジャパン21という、人材派遣会社の女性社長とが、組んで、潰れかけた会社や旅館を、再生させて、それを、売り払ったとしても、法律に触れることのない、正常な経済活動であれば、何の問題も、ないんだろう？」

「たしかに、そうなんですが、この二人の動きが、私たちの、嬬恋村に、大きな影響を、与えています。それを、見すごすことはできません」

「どんな影響かね？」

「北軽井沢に接した、嬬恋村の土地が、買い占められている問題です」

と、竹田が、いった。

「そのことだったら、前から、私が、いってるじゃないか。地主たちには、できるだけ、買収には応じるなと、話している。それで、いいんじゃないのかね？」

と、村長が、いった。

それに対して、あずさが、

「中年の男と若い女性のカップルが、北軽井沢に、接している、この嬬恋村の土地を、買い漁《あさ》っていたんですが、女性のほうは、殺されて、キャベツ畑で、発見されました。一緒にいた男は、現在、行方不明です」

「もちろん、そのことも承知している。キャベツ畑で、発見された女性の死体については、殺人事件として、今、警察が捜査しているんだから、そちらに、任《まか》せておけばいいんだ。われわれ、村役場の人間が関与することじゃないだろう？」

「ところが、ここに来て、問題の、土地の買い占めのバックに、日本再生事業団の旭川理事長が、関わっているらしいということが、分かってきたんです。おまけに、長谷川久美子という、人材派遣会社の社長もついていると、考えられるようになったのです」

「どうして、日本再生事業団や人材派遣会社が、嬬恋村の土地の買収に、関係しているんだ？」

「それは、違法ギリギリのことをやって、大きく、儲けようとしているからじゃありませんか？　警視庁の十津川さんたちも、そんなふうに、考えていると思われます。北軽井沢の土地は、私たちの、嬬恋村の土地よりも、かなり、高くなっています。北軽井沢という名称が、つくだけで、高値を呼ぶんです。そこへいくと、北軽井沢に、接している嬬恋村の土地の値段は、かなり、安いものです。標高も同じ、気候も同じ、東京に行く交通網にしても、同じです。それなのに、軽井沢という名前が、ついているのと、いないのとでは、土地の価格が、かなり違ってくるのです。それを利用して、金儲けを企《たくら》む人間がいます」

「嬬恋村の土地を、安く買い占めたとしてもだね、軽井沢という名前が、ついていないんだから、さほど高く売れないんじゃないのかね？　そんなリスクの大きいことを、日本再生事業団の理事長が、実行するだろうか？」

「ですから、嬬恋村の土地を、買い占めた後で、日本再生事業団の旭川理事長と、人材派遣会社の、長谷川久美子社長は、買い占めた土地の周辺を含めて、北軽井沢という名称に、してしまうのではないか？　そんな危惧《きぐ》を、持っています」

と、あずさが、いうと、それに、続けて、竹田が、

「たしかに、今、村長が、おっしゃったように、難しいと思いますし、反対も、多いでしょうが、旭川理事長には、懇意《こんい》にしている政財界の人たちも、多いし、それに、たとえ買い占めた土地が、北軽井沢という名前に、ならなくても、実質的に、軽井沢にしてしまう方向に、動くかもしれません。村長も、ご存じのように、私たちの、嬬恋村の中に、軽井沢でもないのに、軽井沢という名前をつけた、ホテルや、旅館が、生まれているんです。そのうち、旭川理事長の、実質的な支配下にあるのは、ニュー軽井沢グランドホテルです。このホテルも、実際には、嬬恋村の土地の上に、建っています。こういうホテルを、どんどん増やしていけば、買い占めた土地は、嬬恋村という、名前から、自然に、軽井沢という名前に、変わってしまいます」

「今、君がいった、ニュー軽井沢グランドホテルについては、すでに、話がついているんだ」

と、村長が、いった。

その言葉を継ぐように、今度は、課長が、口をはさんで、

「君たちにも、前にいったが、ニュー軽井沢グランドホテルというのは、日本中に、十軒のチェーンホテルを持っている。このグループが、嬬恋村のキャベツを毎年、一定の量、一定の価格で、買うという契約をしてくれているから、農家の人たちは、大喜びしている。その、実質的な利益に比《くら》べたら、ホテルの名前が、軽井沢だろうが、何だろうが、文句をいうことじゃない。私は、そういったはずだぞ」

「たしかに、その話は、前にお聞きしましたが、旭川理事長をバックにしていると思われる、ルネッサンス土地が、この嬬恋村の、北軽井沢に、隣接した土地を、次々に買い占めていることは、紛《まぎ》れもない、事実なんですよ。旭川理事長が、買い占めた土地の上に、軽井沢という名前をつけた、ホテルとか、会社とかを、どんどん建てていくとしたら、行政上は、嬬恋村の土地でも、実際的には、軽井沢に、なってしまいます。それは、絶対に防がなくては、なりません」

竹田は、熱っぽい口調になっている。

「そうなると、ここの土地は、嬬恋でも、軽井沢でもなくなってしまうかもしれない。私は、そんな不安を感じてしまうんです」

と、あずさも、いった。

「君たち二人は、この村役場で働くようになってから、まだ、間がない。村の経済状況だとか、村人たちの期待だとかを、完全には、理解していないはずだ。だから、そんなきれいごとをいっているんだ」

と、村長が、いい出した。

竹田とあずさの二人は、村長ともあろう人が、いったい、何をいうのかという目で、見つめた。

「日本再生事業団の、旭川理事長だが、あの人のことは、私はよく知っている。政財界に、強い影響力を持っておられて、人間的にも、立派な方だ」

「旭川理事長が、あちこちに、強い影響力を持っていることは、分かります。ですから、なおさら、用心しないと、いけないと、私たちは――」

竹田が、いうと、村長が、その言葉を、遮《さえぎ》って、上から、押しつけるように、

「いいかね、君たち二人は、これからは、日本再生事業団のことも、旭川理事長のことも、それに、ニュー軽井沢グランドホテルのことも、忘れて、嬬恋村観光協会が、実施する、さまざまなイベントの、手伝いをやりたまえ。観光協会には、君たちのことを、推薦《すいせん》しておく」

村長が、いった。

自分の机に、戻ると、あずさが、遠慮のない声で、いった。

「何かあったみたいね。村長、急に、弱気になってしまったから」

「たぶん、日本再生事業団の、旭川理事長のほうから、圧力を、かけてきたんだろう」

と、竹田が、いった。

第五章　若い二人と大物と

1

調べてみると、買い占《し》められた嬬恋村の土地が意外に広いことに、村長も観光商工課長も驚いた。

嬬恋村の土地は、いずれも財団法人北軽井沢拡大委員会・ルネッサンス土地の名義によって購入されているのだが、村長は、その名前の向こう側に、日本再生事業団の存在と、旭川理事長の存在を感じていた。

その旭川理事長たちによって、いちばん安く買われてしまった土地は、女性の死体が埋まっていた、キャベツ畑周辺の土地である。死体が埋まっていたのが、キャベツ畑だったということもあってか、その周辺で収穫されたキャベツは、全く売れないか、あるいは、売れたとしても、かなりの安値で、買い叩《たた》かれてしまっていた。

そのため、そのキャベツ畑の持ち主は、大きな赤字を抱《かか》えてしまい、これから先、もう農業をやる気力が、なくなったといって、その周辺の畑を、ただの荒れ地として、相手にいわれるがままに、安く売ってしまったのである。

竹田とあずさの二人は、その話を聞いた後で、こんな会話を交わした。

竹田が、いう。

「今、やっと分かったよ。女性を殺して、その死体を、あのキャベツ畑に埋めた、犯人の狙《ねら》いは、まさに、ここにあったんだ」

「どういうこと？」

「つまり、女性の死体が埋まっていた畑から採《と》れたキャベツなんて、どう考えたって、気味が悪いからね。誰だって買おうとは思わないはずだろう？　当然、全く売れないか、あるいは、売れたとしても、かなり安く買い叩かれてしまう。そうなれば、生産者は、大変な赤字になる。大きな赤字を抱えてしまって、農業をやる気を失ってしまったあのキャベツ畑の持ち主が、相手に持ちかけられて、自分の農地をただの荒れ地として、安く売ってしまったんだよ。だから、あの周辺の土地を、安く手に入れようと考えた人間が、女性を殺して、死体をキャベツ畑に埋めておいたんだ。俺には、それ以外に、考えられないね」

「私は、死体をキャベツ畑に埋めた、犯人の目的が、今まで分からなかったんだけど、今、君の説明を聞いて、ようやく、分かったわ。君のいう通り、あの周辺の土地を安く買い叩こうとして、あんなマネを、したんだわ」

と、あずさも、いった。

「それにしても、嬬恋村の土地が、これほど広く買われていたとはね。ビックリだよ」

と、竹田も、いった。

「約三分の一じゃないの」

あずさが、ため息をついた。

「しかも、ずいぶん、安く売られているんだ。例の殺人事件のあった、キャベツ畑周辺の土地なんかは、一坪《ひとつぼ》で三千円だよ。いちばん高いところでも、一坪一万円だ」

「一坪三千円とは、また、ずいぶんと、買い叩かれたものね。まるで、タダみたいなもんじゃないの。本当にひどい話だわ」

「しかし、このままでは、新しく、嬬恋村の土地を手に入れた所有者も、儲《もう》けはないはずだ」

竹田が、いった。

「そうね。今、この辺の土地は、値下がりしているから」

あずさが、うなずいた。

二人は、顔を見合わせた。

土地を買い占めた相手が、何を考えているのか、分かっていたからである。

「買い占めた土地を、嬬恋村から北軽井沢に、変えることができれば、二倍、いや、三倍以上で、売れる」

竹田が、いった。

「その上」

あずさが、続けて、いう。

「県は違っても、土地は、軽井沢とつながっているのよ。これから、連中は、どうやって、金儲けに持っていくと思う？」

「さっきもいったけど、手っ取り早いのは、買い占めた土地は、今は嬬恋村なんだけど、それを、長野原町北軽井沢に編入してしまえばいいんだ。それだけで、買った土地の値段は、間違いなく、二倍にも三倍にもなる」

「でも、そんなに簡単には、できないんじゃないの？」

あずさが、半分、期待をこめてきく。

「たしかに、そう簡単にはできないと思うよ」

「編入が、難しかったら、どうするつもりなのかしら？」

「連中が買い占めた土地は、今は嬬恋村だし、村長や村議会が、その土地の、北軽井沢への編入を、しっかり拒否すれば、編入は、できなくなる」

「とすると、連中は、どんな手を打ってくると思う？」

あずさが、きく。

「そうだな、もう一つ、考えられるのは、市町村合併だね。つまり、嬬恋村と長野原町との合併だ。嬬恋村の一部と、北軽井沢を合併させてしまうんだ。連中は、そういう形が、いちばん理想だと、思っているだろうが、これだってなかなか難しい。そう簡単にはできないと思うよ」

「そうね。第一、北軽井沢の人たちが反対すると思うわ。向こうのほうが豊かだから」

と、あずさが、いった。

「少しほっとするね。連中も、簡単には、金儲けはできないんだ」

安心したように、竹田が、いった。

2

二人は、村役場に戻った。

上司の観光商工課長が、嬬恋村の地図の一部を、赤く塗っている。

「参ったね。いや、今回ばかりは、本当に参ったよ」

しきりに「参った」を繰り返している。

よく見ると、課長が、地図で、赤く塗っているところは、買い占められてしまった土地である。

「これを見たまえ」

課長が、地図を見せながら、竹田とあずさに、いった。

「連中は、いつの間にか、嬬恋村の三分の一の土地を、買い占めてしまったんだよ。このままでいくと、嬬恋村の名前は、消えてしまうかもしれない。本当に参ったよ」

課長が、また、同じ言葉を繰り返した。

「大丈夫ですよ、課長。嬬恋村の名前がなくなるなんてことは、絶対に、ありませんよ」

竹田が、課長を、安心させるように、いった。

「どうして、大丈夫なんだ？」

「さっき、彼女と、この件について、話し合ったんです。連中が、買い占めた嬬恋村の土地を、そう簡単には、北軽井沢に変えることなんて、できやしないという、結論になったのです。そのうちに、連中は、あまりにも、広い土地を買い占めたんで、持て余して手放すことになるに、決まっています。そうなれば、こっちが、買い叩けばいいんですよ。そういう結論に、なったんです。ですから、心配することなんて、何一つありませんよ」

と、竹田が、いった。

「本当に、大丈夫かね？」

「課長は、いったい、何を心配しているんですか？」

あずさが、きいた。

「いいかね、嬬恋村は、金がない。ところが、連中は、金を持っている。どんな方法を使って、自分たちが、買い占めた嬬恋の土地を、北軽井沢にしてしまうか、分からない。だから、心配しているんだ」

と、課長が、いった。

「たしかに、課長が、おっしゃっているように、連中は、嬬恋村より、金を持っているかもしれません。しかし、いくら、金を持っていたって、金では、この嬬恋村の土地は、動かせませんよ」

と、竹田が、いった。

しかし、連中、特に、日本再生事業団の理事長、旭川修が、いったい、何を考えているのかは、竹田や、あずさには、分からなかったし、村長や課長にも、分からなかった。

3

嬬恋村と、長野原町北軽井沢の境《さかい》の辺《あた》りで、突然、大規模な、土木作業が始まった。

大型のダンプカーが、何台も走り回り、掘削機《くつさくき》が土を掘り、次々に、周辺の山を崩していく。

北軽井沢側の土地に、日本再生事業団の大きな看板が、立てられた。

ルネッサンス土地が、北軽井沢のほうに買っておいた土地には、次々に、巨大な建物が建てられていく。

竹田とあずさの二人は、課長に呼ばれた。

「村長も、今回の、土地の買い占めの裏には、日本再生事業団が、関係していて、理事長の旭川が動いていることに、気がつかれたらしい。問題は、彼らが、いったい何を企《たくら》んでいるのかということだが、村としては、表立って動いたり、連中のことを調べたりするわけにはいかないんだ。何しろ、この村のキャベツを、大量に買ってもらっている弱みがあるからね。ヘタに動いて、相手を怒らせてしまって、取引中止ということにでもなったら、キャベツ農家から、クレームが来る恐れがある。そこで、君たち二人に、頼みたいんだ。村の人間の中で、いちばん、フットワークよく動けるのは、どう考えても、君たち、二人だ。自由に動き回って、連中が、いったい、何を考えているのかを探って、分かったら、すぐ、知らせてほしいんだ。村長には、私から報告する」

と、課長が、いった。

「分かりました。二人でやってみますよ。ただ一つ、お願いがあります」

「何だね？」

「自由に動くためには、いちいち、村役場に顔を出してから、調査に行くとなると、時間がもったいないんです。ですから、いちいち、村役場に顔を出さないでもいいように、していただきたいんです」

と、竹田が、いった。

「分かった。それでは、顔を出さなくても、君たち二人は、村役場に、出勤したことにする」

と、課長が、いった。

「だから、明日からとは、いわずに、今日から、二人で、連中のことを調べてほしい。頼んだぞ」

「課長、その前に、一つ質問があるんですけど」

今度は、あずさが、いった。

「どんな質問だ?」

「例の、死体が埋まっていたキャベツ畑は、そこで採れたキャベツだからといって、全く売れなくなって、キャベツ畑の持ち主は、農業をやめてしまったわけですよね?」

「そうだが」

「でも、あそこには、女性の死体が、埋められていたわけでしょう?　殺人事件の現場ですよ。まだ事件は解決していないというのに、売買しても、構わないんですか?」

あずさが、ここ二、三日、疑問に思っていたことを、課長に、ぶつけた。

課長が、笑った。

「実は、あの事件は、解決したんだ」

「ということは、犯人が、逮捕されたんですか?」

「ああ、そうだ。犯人が、警察に、自首してきたんだよ」

「知りませんでした。いったい、どんな人間が、犯人だったんですか?」

「名前は、鎌谷和彦《かまたにかずひこ》、三十五歳の男だ。殺された女性と同じルネッサンス土地の人間で、一緒に、働いていたが、そのうちに、女性のことが好きになったらしい。しかし、いくら口説《くど》いても、女性のほうは、いうことを、聞いてくれない。その上、二人で来た出張先で、バカにされたので、カッとなって殺し、キャベツ畑に埋めたと、自供しているそうだ。本物の、中野由美殺しとの、関係はまだ、わからない」

「その鎌谷って男ですが、本当の、犯人なんですか?」

あずさが、きいた。

「私らは、警察の人間じゃないからね、細かいことは分からんよ。警察は、犯人が自首してきたということで、問題の、殺人事件は、解決したと断定した。だから、あのキャベツ畑の持ち主が、ルネッサンス土地に、土地を、売ることができたんだ」

と、課長が、いった。

4

竹田とあずさの二人は、やたらに張り切っていた。

課長からは、いちいち、村役場に出勤する必要はない、自由に動いて構わないというお墨《すみ》付きをもらったし、役場の車、軽自動車も、自由に使わせてもらえることになったからである。

さらにいえば、二人は、嬬恋村の土地が、日本再生事業団に、買収されてしまったことによって、忘れていた、この村に対する愛情が、湧《わ》いてきたのである。二人とも若いから、そうなると、何とかして、日本再生事業団や、その理事長の旭川の鼻を明かしてやろうという気持ちになってくる。

二人は軽自動車に乗って、買い占められてしまった嬬恋村の中を、走ってみることにした。

ところどころに、ロープが張られ、「管理地につき、関係者以外の立ち入りを禁ず」と書かれた立て札が、立っている。

しかし、そこで、今、何かが、進行しているという感じはなかった。

そこで、二人は、車を走らせ、北軽井沢と、嬬恋村との境に向かった。

その境を越えた途端に、二人は、やたらに高い塀《へい》に、ぶつかってしまった。

延々と、高い塀に囲まれた中で、いったい何の工事が行われているのか、外からは、全く分からない。ただ、その塀に「多目的ビル建設中　日本再生事業団」と書かれた札が、かかっているだけである。

そして「危険、近寄るな」の看板。

二人は、長野原町の役場に行って、話を、聞くことにした。多目的ビルが、建設されている場所が、北軽井沢だからである。

「こちらとしても、よく、分からないのですが、電気やガスの供給施設や、水道、あるいは、下水道の施設が作られているという話を、聞きました」

長野原町の役場の人が、いう。

「そうすると、その施設から、この北軽井沢に、ガスや電気、水道を、供給するつもりなんでしょうか？」

竹田が、きくと、相手が、笑って、

「いや、それは、ありませんね。すでに、十分な供給施設がありますから、新しい施設を作る必要は、全くありませんよ」

二人は、今度は、近くに住む人たちに、きいた。

その一人が、

「あの施設の代表者が、昨日、北軽井沢の施設から、ガスや水道などの、供給を受けたいと申請を出したらしいですよ。あそこは、そういうものの、中継基地で、北軽井沢から供給された、ガスや水道や電気を、ほかの場所に送るための、施設になるんじゃないですかね？　買い占めた私有地だから、建築確認申請も、通りますしね」

と、いった。

その日、二人は、もっと詳しいことを知りたくて、北軽井沢の中にある民宿に泊まった。

翌朝、朝食をとっていると、民宿の前の通りを、建設資材を、大量に積んだ、何台ものトラックが、次々に北に向かって走っていくのに、ぶつかった。

二人は慌《あわ》てて、朝食を、途中で止《や》めると、宿を飛び出して、トラックの群れを追いかけた。その大型トラックのグループは、嬬恋村に入っていく。

正確にいえば、買い占められた、嬬恋村の土地にである。

広大な土地に入ると、トラックは散らばっていき、プレハブ住宅用の、建設資材を降ろし、急ピッチで、プレハブ住宅を作り始めた。

広大な、買収地である。そこに建つプレハブは、一見すると、やたらに広い庭を持った、別荘の建物に似ていた。こちらも、建築の申請は、されていた。

5

翌日も、トラックの群れが、また買収地に入って行き、今度は、プレハブ住宅に向かって、太い水道管を、敷いていった。

竹田とあずさの二人は、その水道管が、どこから来ているのかを、調べるために、逆に、その水道管を、追いかけてみることにした。

二人が着いた場所は、あの供給施設の中である。

翌日には、今度は、延々と、電柱が立てられていく。それが済むと、次には、ガス管である。

それらが全て、北軽井沢の中に作られた、電気、ガス、水道などの供給施設から、嬬恋村に建ったプレハブ住宅に向かって、延びているのである。

一週間後、完成したプレハブ住宅に、次々と、人々が引っ越してきた。

竹田が車を運転し、その中から、あずさが、その様子を、写真に、撮りまくった。

その何十枚もの、写真を持って、二人は、一週間ぶりに、嬬恋村の村役場に顔を出すと、課長に報告した。

「買い占めた広大な土地の中に、現在、三十軒の、プレハブ二階建ての住宅が、建設されています。とにかく、広大な土地ですから、一軒当たりの所有する、土地の面積は、かなり広くなっているのですが、新たな住居が、建ったことになります。問題は、この住居に対する、ガス、水道、電気などの供給が、いったい、どうなっているのかということです」

竹田が、あずさの撮った、写真を見せると、課長は、

「買い占められた土地とはいっても、住所でいえば、嬬恋村だから、当然、ガスや水道、電気などの供給は、嬬恋村から、送られるはずだ。ところが、村役場のほうには、そんな申請は、今のところ、全く来ていないぞ。いったい、どうなっているんだ？」

「当然です」

「当然？　どういうことだ？」

「ガスや水道、電気などの生活手段は、北軽井沢から送られてきているんです」

「しかし、北軽井沢は、長野原町だろう。そこから嬬恋村に、電気やガス、水道などの生活手段が、送られてくるというのは、どう考えても、不自然じゃないか？　どうして、北軽井沢から送られてくるんだ？」

「北軽井沢のほうに、ガスや水道、電気を送るための、中継設備が、ものすごいスピードで、作られたんです。作ったのは、日本再生事業団です。しかし、施設は、あくまでも、民間の設備ですし、施設そのものは、北軽井沢にありますから、北軽井沢から、供給を受けたとしても、別に法律にふれるわけじゃありません。現在、買い占めた嬬恋村の土地に建てた、三十軒のプレハブ住宅に、送られていることは、間違いありません」

「連中は、どうして、そんな、面倒くさいことをやっているんだ？」

「おそらく、既成事実を、作ろうとしているんですよ」

「既成事実？」

「彼らが買い占めた、広大な土地は、嬬恋村の土地です。しかし、このままでは、土地の値段は、上がりません。むしろ、下がるでしょう。ですから、彼らは、土地の値段を上げるために、まず、三十軒のプレハブ住宅を建てて、北軽井沢から、生活に必要なガスや電気、水道を供給しようとしているんじゃありませんか？　プレハブの住宅の数は、これからも、どんどん増えていくことでしょう。そこには、つねに、北軽井沢から、生活に必要なものは、供給されることになります。そうなれば、土地は、北軽嬬恋村の土地であっても、北軽井沢のおかげで、住民たちの生活が、成り立っているということになってきます。そういう既成事実を、作っておいて、住民の間から、『この土地は、実質的には、北軽井沢と同じだから、嬬恋村から分割して、北軽井沢に、すべきである』という声が上がってくるのを、待つんじゃありませんか？　これが成功して、現在の、広大な嬬恋村の土地が、北軽井沢の土地ということに、なってしまえば、土地の値段は必ず上がり、買い占めた連中が、大儲けをすることになります」

「君の説明は、よく分かったが、一つだけ疑問がある」

と、課長が、いった。

「何ですか？」

「君たちの報告によると、現在、連中が買い占めた土地には、三十軒のプレハブ住宅が、建っている。そうだな？」

「そうです。今後は、その数を、どんどん増やしていくと、思いますよ」

「それで、疑問なんだが、今、そのプレハブ住宅に、住んでいる人たちは、いったい、どういう人なんだ？　それは、分かっているのか？」

「もちろん、その点も、調べてみました。ジャパン21という、人材派遣会社がありま す。この会社の長谷川社長は、営業不振で傾きかけたホテルや旅館、会社などを、日本再生事業団の旭川理事長と組んで、これまでに、何社も乗っ取っています。つまり、このジャパン21という人材派遣会社は、ホテルや旅館、会社を再生するために、必要な人材を、供給するための会社となっていますが、実際には、自分たちがターゲットに定めた会社、あるいは、ホテルや旅館などに対して、自分たちの、都合のいい人材を、派遣しておいて、結果的に乗っ取ってしまうわけです。今回の場合、ジャパン21は、たぶん、現在、生活に、困っていて、住むところのない人間で、自分たちの、いいなりになる者ばかりを集めて、問題の、プレハブ住宅に、タダで住まわせるように、しているのではないかと、思いますね」

と、竹田が、いった。

6

竹田とあずさの予想した通り、三十軒だったプレハブの住宅は、その後、半月の間に、倍の六十軒に増えた。

その六十軒の、プレハブ住宅の住人を目当てに、東京から、大手のコンビニが、進出してきた。

竹田とあずさは、六十軒の中の一軒のプレハブ住宅を、訪ねた。自分たちは、週刊誌の記者を装《よそお》って、そこに住んでいる老夫婦から、話を聞いてみた。

「ここに来る前には、どこに、住んでいらっしゃいましたか？」

二人は、東京の山谷《さんや》に、住んでいたといった。

「それが、どうして、ここに、来ることになったんですか？」

竹田が、きくと、老夫婦は、こんな話をした。

ある時、老夫婦の家に、背広姿の男が訪ねてきて、二人に、こういったという。

「どうですか？　一カ月間、楽しい夢を、見ませんか？」

二人は、男が、何をいっているのか分からずに、首を傾《かし》げていると、男は、さら

に、言葉を続けて、

「現在、私どもの会社では、軽井沢に、プレハブ住宅を建てています。ただ、最近は、住みやすい、プレハブ住宅でないと、買い手がなかなかつかないので、この新しいプレハブに、お二人で、一カ月間住んで、住み心地《ごこち》の感想を、聞かせてほしいんですよ」

ガス、電気、水道など、その間の費用は、全て、男の会社が持つので、一切《いっさい》が無料である。しかも、その一カ月間、一人につき、二十万円の小遣《こづか》いも、与えられるという。その二十万円で、生活に必要なものを買って、一カ月経《た》ったら、プレハブ住宅の住み心地について、教えてくれればいいと、男は、いったというのである。

老夫婦は、男の申し出を受けることにして、山谷から、北軽井沢に、いや、正確には、嬬恋村に、移ってきたのである。

「でも、ずっと、ここにいられるわけではないですよね？　一カ月経ったら、出ていかなくては、ならないわけでしょう？」

あずさが、きくと、老夫婦は、口を揃《そろ》えて、

「それは、そうですけど、一カ月だけでも、こんな贅沢《ぜいたく》な生活を、させてもらったんですから、文句をいえる筋合いじゃないし、これを、冥途《めいど》の土産《みやげ》に持って、また、山

谷に帰りますよ」

と、いった。

竹田たちは、別のプレハブ住宅にも行ってみた。そこに、住んでいたのは、四十歳の男だった。

「ここに来る前には、どこに住んでいたんですか？」

「東京にいましたよ。上野の中華料理店で、働いていたんです。僕を含めて、従業員が三人いて、宿舎があてがわれていました。六畳間に、三人でしたから、結構厳《きび》しかったですね。ところが、中華料理店が、突然、潰《つぶ》れてしまって、職も住居も、なくなってしまったんですよ。だから、いわば、ホームレスになってしまったんです。何とかして、新しい仕事を探そうとしたんですが、この不景気ですからね。なかなか、仕事が見つからない。仕方なく、町をフラフラしていたら、中年の女性に、いきなり、声をかけられたんですよ」

と、男が、いう。

その中年の女性については、

「一カ月間、無料で住める、プレハブの住宅がある。しかも、一カ月、二十万円のお小遣いが与えられるので、よかったら、そこに住んでみないか？」

と、いわれたという。

「最初に話を聞いた時は、こんな話は真っ赤なウソで、俺のことを、バカにしているんじゃないかと、思ったし、あまりにも、おいしすぎる話なので、ひょっとしたら、犯罪の手伝いを、させられるのではないかとも思いました。しかし、よくよく、話を聞いてみると、結局、ちゃんとした会社がやっている、犯罪と何も関係のない、まともな話だったんで、引き受けることに、したんです。快適ですよ。それで今は、東京で、同じようなホームレス生活をしている仲間に、連絡して、こっちに来ないかと、誘っているんですよ」

「しかし、一カ月間しか、ここには、住めないんでしょう?」

「たしかに、それは、そうですがね、それだって、ホームレスの境遇に比《くら》べれば、ずっと、贅沢ですよ。寒い日でも、暖房だってつけられるから、寒い思いをしなくて、済みますからね。それに、二十万円の小遣いまで、もらえるんですよ。それを、半分、今度やって来るヤツに、分けてやろうと、思っているんです。たとえ、一カ月で、出なくてはならないとしたって、いいんです。こんな、ありがたい話は、なかなか、ありませんよ。文句なんかいったら、それこそ、バチが当たりますよ」

男は、満面の笑《え》みで、嬉《うれ》しそうに、いった。

「しかし、友だちを呼ぶ許可は、もらったんですか？」

と、竹田が、きいた。

「ええ、もらいましたよ。一カ月間なら、自由に使っていいと、いわれました。優しい人だと、感謝しているんです」

「その、許可をもらったという人は、どこの人なんですか？　責任者は、どこに、いるんですか？」

と、あずさが、きいた。

「このプレハブ住宅に入る時、何か困ったことがあったら、ここに、電話をかければいいと、電話番号を、教えてもらったんですよ」

そういって、男は、ポケットから、支給されたらしい手帳を取り出すと、そこに書かれた電話番号を、あずさに、見せてくれた。

その手帳に載《の》っていたのは、〇三で始まる東京の電話番号で、ジャパン21の文字があった。

それを見て、竹田とあずさは、思わず、顔を見合わせた。やはり、この計画のバックには、日本再生事業団とジャパン21が、絡《から》んでいることが、分かったからである。

男と別れると、竹田が、あずさに、

「俺たちも、東京に、行ってみようじゃないか？」

「東京に行ってどうするの？」

「今思い出したんだが、東京で、中野由美という女性が殺されていて、東京の警察が、この事件を、捜査している。まだ解決していなければ、嬬恋村の土地を買い占めた連中と、戦わなければならない場合だって、この殺人事件が、俺たちの武器に、なるかもしれないからね」

「分かった。東京へ行きましょう。私は、十津川さんに会いたいわ」

と、あずさが、いった。

二人は、その日のうちに、東京に向かった。

東京都内に入ったところで、竹田は、警視庁に電話をかけ、十津川警部を、電話口に呼んでもらった。

十津川も、竹田とあずさのことを、気にしていた。

「先日、東京で起きた、殺人事件がありましたよね？　成城のマンションに住んでいた、中野由美という女性が、殺された事件ですよ。あの事件は、どうなりましたか？　解決してますか？」

竹田が、きいた。

「いえ、まだです。現在、犯人の手がかりを探して、捜査に全力をあげているところです」

十津川が、応えた。

「もしかすると、近いうちに、犯人が自首してくるかもしれませんよ」

竹田の、意味ありげな言葉に、十津川は驚いた。

「それは、どういうことでしょうか？　犯人が自首してくるとは？」

「嬬恋村の事件では、突然、犯人が自首してきました。なにか、犯人側に、作為《さくい》があるような、気がして、仕方ありません。ですから、東京の事件でも、同じような動きがあったのではないかと、思ったんです」

竹田の言葉に、電話の向こうで、十津川は、考え込んで、しまったらしい。一瞬の沈黙の後、

「今、どこですか？」

十津川が、きいた。

「車で、そちらに、向かっているところです。ちょうど、東京に、入ったところです」

「それなら、これから、お会いしましょう」

十津川が、いい、落ち合う場所を決めた。

7

十津川から指定された場所は、新宿西口のビルの中にある、喫茶店だった。

竹田とあずさの二人が、その店に着くと、十津川は、亀井刑事と一緒に、コーヒーを飲みながら、待っていた。

竹田は、コーヒーを頼んでから、嬬恋村で、事件が突然、片付いたことを話した。

「その女性を殺した犯人が、突然、自首してきて、難航していた事件が、急転直下、解決してしまったんです」

と、竹田が、いった。

「犯人が自首すれば、事件は一挙に、解決に向かいます。しかし、あなたのお話をうかがうと、なにか、引っかかるものがあります。できすぎている、というか、背後に、なんらかの思惑《おもわく》が感じられますね」

「たぶん、金儲けの、邪魔になるから、事件を片付けてしまおうと、思ったんじゃありませんか?」

と、竹田が、乱暴にいってみせた。

十津川は、ニッコリした。

「あなたの指摘は、たぶん、正しいと、思いますよ。おそらく、誰かが、あの事件を、一刻も早く片付けるように、指示した感じがする。その目的は、今、あなたがいったように、おそらく、金儲けです」

十津川が、いった。

「十津川さんも、そう、思われますか」

竹田が、嬉しそうな顔をした。

「嬬恋村では、殺人事件が片付いて、村も静かになりましたか？」

そばから、亀井が、きいた。

あずさが、小さく、首を横に振った。

「私も、静かになると、思っていました。ところが、静かになるどころか、逆に、嬬恋村全体が、ガヤガヤと、やかましくなってしまったんです。おそらく、殺人事件が、解決して、連中が、買収した土地の利用に、一斉に走ったからだと思いますね」

「そういえば、新聞に、嬬恋村の土地の、三分の一くらいが、買い占められたと、出ていましたが、そのことと、関係しているんですか？」

十津川が、きく。

「関係していると思います。買い占めの裏では、日本再生事業団の、旭川理事長と、ジャパン21という、人材派遣会社の女社長が、手を組んでいるんです。このままでいくと、嬬恋村の三分の一が、消えてしまいますね。同じ土地なのに、嬬恋村の名前だと安くて、『軽井沢』の名前がつくと、二倍にも、三倍にも、値段が上がるんです」

と、竹田が、いった。

「それで、お二人は、この事態を、どう見ているんですか？」

と、十津川が、きいた。

「最初は、嬬恋村が、軽井沢になるとしたら、それはそれで楽しいと思っていましたよ。軽井沢になれば、観光客が、たくさん押しかけてくるだろうし、土地の値段だって、高くなる。それに、交通アクセスだってよくなるかもしれない。それなら、今より村がよくなるだろうと、そんなことを、考えていたんです」

「なるほど。最初は、そんなふうに、思っていたのに、途中で、考えが、変わったわけですね？　それは、どうしてですか？」

「実際に、自分の、生まれた村が、買い占められていくという事実を、突きつけられると、次第に、買い占めている人間に対して、腹が立ってきましてね。遅まきながら、嬬恋村が好きになってきたんですよ。嬬恋村の三分の一の土地が、連中によって買い占められて、それで、金儲けしようとされていることに、無性《むしょう》に腹が立ってきたんです。自分たちの土地を勝手に、軽井沢にされてたまるか、今は、そんな気持に、なっているんです。ただ、連中と、どう、戦ったらいいのかが、分からないんですよ。連中は、金も、たくさん持っているし、たぶん、政治家とも、つながっていて、権力も、握っていると思うので、かなり手強《てごわ》くて、怖《こわ》い相手だと、覚悟はしていますよ」

竹田が、いった。

「われわれも、今、お二人の話を聞いていて、この事件に対して、新しい関心を、持つようになりました」

「それでは、今回の土地問題について、十津川さんは、われわれの、味方になってくれるんですか？」

あずさが、きく。

「いや、事件の捜査で、味方になるというわけにはいきません。警察が、できるのは、あくまでも事件の捜査ですからね。それでも、お二人の、というか、嬬恋村の味方ができると思いますよ」

十津川は、言葉を選んで、いった。

十津川が、どう味方してくれるのか、竹田とあずさに、はっきり分かったわけではない。

十津川がいった「われわれ警察にできるのは、あくまでも事件の捜査ですから」という言葉のほうが、竹田とあずさの胸には、強く残った。

つまり、土地の買い占めや、その土地を、無理やり、嬬恋から、北軽井沢に、変えようとする動きに対して、警察は、どうすることも、できないと、十津川が、いったと、二人は、解釈したのである。

二人は、十津川と、亀井に、一応、礼をいって、嬬恋村に帰ることにした。

帰りの車の中で、あずさが、竹田に、

「さっきの、十津川さんの話で、刑事さんたちは、頼りにならないことが、よく分かったわ」

と、いった。

「そうだな。刑事だって公務員だから、勝手には、動けない。それに、東京の公務員だから、嬬恋村の、土地の問題には、力になってくれない。そう思っていたほうがいいな」

と、竹田が、いった。

二人は、嬬恋村に帰る前に、施設を、見ていくことにした。

目隠しのための高い塀は、すでに、取り壊されていた。

そこにあったのは、巨大な建物が、三つである。それぞれに、名前がついていた。

一つ目には「軽井沢電気補給会社」、二つ目には「軽井沢ガス供給会社」、三つ目にも「軽井沢」の名前がついていて、「軽井沢水道供給会社」となっている。全て、民間会社という形を取っている。

しかし、その裏に、日本再生事業団の、旭川理事長と、ジャパン21の長谷川久美子という社長がいることは、間違いないと、確信した。

二人は、車を停め、しばらくの間、鉄条網《てつじょうもう》の囲いの中に並んで建っている、三つの建物を眺めていた。

そこには、ほとんど人間の姿はなく、三つの建物からは、低い、モーターのうなりが聞こえてくるだけだった。

（人がいないな。でも、人間が少ないのも、当然だろう）

と、竹田は、思った。

何しろ、この建物は、水やガス、電気を、作るわけではない。北軽井沢の電気やガス、水道を、ただ単に、この建物を通して、嬬恋村にある、プレハブ住宅に送っているだけだからである。

しかし、この広い土地に建った六十軒のプレハブ住宅と、一軒のコンビニに対して、北軽井沢の電気やガス、水道が、供給されているのは、ある意味、異様である。

あずさが、カメラを、取り出して、目の前の建物を撮ろうとすると、制服姿の、ガードマンが、飛んできて、

「撮影は禁止です」

と、大きな声で、いう。

「どうしていけないんですか？　これ、公共の建物なんじゃないんですか？」

あずさが、文句を、いった。

「公共の建物じゃありません。これらはすべて、民間会社です」

ガードマンが、相変わらず、大きな声で、いう。

二人は、車に乗り、嬬恋村に入り、進出してきたコンビニに、向かった。

そのコンビニは、なぜか「ハッピーストア北軽井沢店」になっていた。

通常の、コンビニのように、レジには、従業員が一人いて、事務所の中を見ると、誰かが、いるように思えたので、二人は、ドアをノックした。

事務所の奥にいたのは、四十代と思える、中年の男で、胸には「ハッピーストア北軽井沢店店長」のバッジが、ついていた。

その店長が、二人を見て、

「君たちは、誰だね？　何の断りもなく、ここに、勝手に、入ってきてもらっては困るよ」

「ここは、たしか、群馬県の、嬬恋村ですよね？」

あずさが、いった。

「ああ、そうだけど、それが、どうかしたのかね？」

「私たち二人は、その、嬬恋村の村役場の人間なんです。嬬恋村に、新しいコンビニができたというので、どんな様子なのか、見に来たんですよ。村長にも、どんなコンビニか、報告しなければなりませんから、お話を聞かせていただけませんか？」

あずさが、いった。

その言葉を聞いた途端に、店長の態度が、やさしくなった。

「近く、ウチの社長と、この土地の所有者、それに、人材派遣会社の社長が揃《そろ》って、群馬県庁に、嘆願書《たんがんしょ》を持って行くことになっているんですよ。その時には、嬬恋村の村長さんにも、ご挨拶《あいさつ》に、行かなくてはいけないな」

「おたくの社長さんが、どうして、群馬県の県庁に、行くんですか？」

「正確にいえば、群馬県庁と、長野原町の役場の、両方にですよ。今、このコンビニが、建っているのは、嬬恋村に、なっていますが、インフラの全てを、長野原町に頼っているんです。お二人には分からないかもしれませんが、この店に、供給されている電気、ガス、水道の全てが、嬬恋村から供給されているのではなくて、長野原町の北軽井沢から供給されているんですよ。そうなると、税金の問題が出てきます。この状況で、嬬恋村に、税金を払ったらいいのか、それとも、税金は、長野原町に払うのが順当なのか？　電気やガス、水道を止められてしまえば、このコンビニは、成り立っていきませんし、この周辺にある、家も同じです。いちばんいいのは、長野原町に、税金を払うことでしょう。もし、それがダメで、今まで通りに、嬬恋村に払うとなると、長野原町が、電気やガス、水道の供給を、止めてしまうかも、しれません。そうなったら、インフラを全て、嬬恋村から、供給してもらうことになるわけですが、今からそんなことが、嬬恋村にできますかねえ？」

　店長が、勝ち誇ったような表情で、いった。

第六章　村長選挙

1

今や、嬬恋村の三分の一の土地が買い占《し》められてしまった。

その土地の所有者は、書面上では、東京にある財団法人北軽井沢拡大委員会・ルネッサンス土地となっていたが、その背後に日本再生事業団と、人材派遣会社ジャパン21がいることは、誰が見ても明らかだった。

そうした、嬬恋村に関する一連の奇妙な動きを、十津川は、東京の捜査本部から、じっと眺《なが》めていた。

現在、十津川が、指揮を執《と》っている捜査本部は、二つの事件を抱《かか》えていた。一つは、世田谷区成城のマンション、コーポ成城の三〇三号室で、住人の中野由美、六十歳が殺された事件であり、もう一つは、嬬恋村の村役場に勤める若い竹田清志と、三木あずさの二人が、都内府中市で乗っていたタクシーに放火され、危うく焼死するところだった、殺人未遂事件である。

世田谷区の殺人事件のほうは、同じ中野由美という名前で、同じ住所を名乗っていた女が、群馬県の嬬恋村で殺され、キャベツ畑に埋められた形で、発見された。

嬬恋村の中野由美殺しについては、犯人と名乗る男が、群馬県警に、自首してきたので、形としては、すでに、解決したことになっている。

「ひょっとすると、こちらの事件でも、犯人と名乗る人間が、自首してくるんじゃありませんか？」

冗談めかして、亀井が、いった。

「カメさんは、どうして、そんなふうに、思うんだ？」

と、十津川が、きくと、亀井は、笑って、

「東京の事件と、嬬恋の事件とは、明らかに、どこかで、つながっていますよ。したがって、向こうで、犯人が自首してくれば、東京でも、犯人が、自首してくるんじゃないですかね？　私には、そんな気がして、仕方がないんですが」

亀井の予言が、当たっていたかのように、次の日、捜査本部に、犯人と名乗る三十代の男が、自首してきた。

ただ、その男は、世田谷区成城のマンションで起きた、中野由美殺しの犯人ではなかった。

男は、嬬恋村の竹田とあずさに対する殺人未遂の、犯人だった。

太田慶介《おおたけいすけ》と名乗る、三十八歳で、詐欺《さぎ》の前科がある男だった。

十津川が、この男を尋問した。

「嬬恋村の村役場で働く、竹田清志と三木あずさを、盗んだタクシーに乗せて、放火したと、いっているが、放火した動機は、いったい、何なのかね？」

十津川が、きいた。

「私は、こう見えても、日本再生事業団の元社員、つまり、ＯＢなんです。五年ほど前に、ちょっとした出来心から、詐欺をやって、捕まってしまったので、会社に対して、申し訳ないと思い、自分のほうから、事業団を辞《や》めたんですがね。今でも、日本再生事業団という会社は、立派なことをやっていると思っているし、旭川理事長のことを尊敬しているんです。私は、いつも、そんな気持ちでいますから、あちこちで、日本再生事業団の悪口をいい触《ふ》らしている、二人に対して、無性《むしょう》に腹が立ちましてね。懲《こ》らしめてやろうと、思って、二人の乗ったタクシーに、仕掛けをして、火をつけたんですよ。もちろん、殺してやろうなんて気持ちは、これっぽっちも、ありませんでした。あくまでも、脅《おど》しですから。これに、懲りて、二人が、日本再生事業団の悪口を、いわなくなれば、それでよかったんです」

太田は、単なる脅しだと、繰り返した。

「しかし、あんなことを、君一人だけで、やったとは思えないね。タクシーを調達したり、折りよく、あの二人に行き合わせたり。誰か、共犯者がいたはずだ。その人間の名前をいいたまえ」

「共犯者？　そんなものはいませんよ。たしかに、私の周りには、同じように、竹田清志と三木あずさの言動に、腹を立てている人間が、何人かはいましたよ。しかし、いざ車に火をつけてやるという段になったら、ほかの連中は全員、弱気になって、逃げてしまいましてね。結局、私一人が、火をつけることになったんですよ。だから、私の単独犯です。共犯者は、いません」

「君が、一人で犯行におよんだという証拠は、どこにあるんだ？」

十津川が、きくと、太田は、笑いながら手を横に振って、

「証拠なんてそんなもの、ありませんよ。とにかく、この手で、放火したんですからね。私自身が、火をつけたから、こうして自首してきているんですよ。ほかに、何も

いらないでしょう？　私自身が、証拠なんだから」

しかし、世田谷区成城で起きた、殺人事件については、自首してくる者は、誰一人いなかった。

十津川は、事件の解決が、進まないことよりも、どうして、この殺人事件だけ、自首してくる者がいないのか、そのほうに、疑問を感じた。

2

嬬恋村の村役場から見ていると、ルネッサンス土地は、買い占めた土地に、着々と布石《ふせき》を打っているように見えた。

現在までに買い占めた土地に、プレハブの住居を六十軒以上作って、そこにジャパン21が用意した人間を住まわせていたのだが、今度は、五階建ての、豪華なマンションの建設を始めた。

しかも、そのマンションの名前が、ビレッジ北軽井沢である。

さらに、その最上階の五階を、現在、日本再生事業団の顧問をやっている、保守党の梶山雄一郎《かじやまゆういちろう》議員が所有したのである。実質は寄付に近いだろう。

その上、ルネッサンス土地が、次に打った手は、群馬県庁に対してだった。自分たちが確保した土地を、新嬬恋村と名付けたいので、それを認めてほしいという申請書を、群馬県庁に提出したのだ。

その理由として、ルネッサンス土地が、確保した土地の広さは、嬬恋村の全面積の三分の一もあり、ここに住む人間は、嬬恋村とは全く関係のない人たちであること。さらに、五十戸を超すプレハブとビレッジ北軽井沢に供給されている、ガス、電気、水道などは全て、嬬恋村からではなくて、隣町の北軽井沢から送られていることが、挙《あ》げられていた。

もちろん、これを知った、嬬恋村役場は、すぐさま、反対意見を、群馬県庁に提出した。

ルネッサンス土地が買い占めた土地の現在の住所は、まぎれもなく嬬恋村である。それなのに、自分たちの建てたマンションに、ビレッジ北軽井沢という名前を付け、あたかも、そこが、北軽井沢であるかのように装《よそお》っているが、はたして、それはいかがなものであろうか？　ただ単に、地価を上げるための、方便ではないのか？　新嬬恋村という名前を付けるといっているが、それが認められれば、次は、北軽井沢との合併を要求するはずだ。

これが、嬬恋村役場の抗議内容だった。

この、降って湧《わ》いたような、土地問題を、新聞やテレビ、週刊誌などのマスコミが、面白がって、大きく取り上げた。

こんな時、マスコミが記事にする方法は、だいたい決まっている。村役場の味方はせず、ルネッサンス土地が買い占めた土地の上に、プレハブの住宅や、豪華なマンションが、建っている写真を撮り、そこに住む人たちの意見を聞いて、それを、載《の》せるのである。

しかし、この場合、マスコミによる取材や、いわゆる世論調査は、ほとんど、意味をなさなかった。というよりも、ルネッサンス土地に、有利に働くことは、最初から分かり切っていた。

なぜなら、ルネッサンス土地が買い占めた土地の上に、現在住んでいる人たちは、全てジャパン21が用意して、そこに住まわせている人たちだし、独立側のいい分のほうが、面白いのだ。

記者が、その人たちに意見を聞けば、全員が、嬬恋村から独立して、自分たちの住むところは、新嬬恋村としたいというに、決まっていたし、中には、新嬬恋村になった後は、北軽井沢と合併したいという意見をいう人も多かったが、これは、日本再生事業団やジャパン21が、いわせているのである。

当然、テレビや新聞、週刊誌などは、そうした意見のほうを、大きく取り上げた。

これらの騒ぎの裏で、もう一つの事件が、起きていた。それは、日本再生事業団の旭川修理事長が、密《ひそ》かに手を回して、嬬恋村で、個人が出している、唯一の地方新聞『嬬恋通信』を買い取ってしまったことである。

『嬬恋通信』は、何年も前から、赤字経営が続き、その発行の継続が危ぶまれていた、小さな新聞である。新聞を苦労しながら発行していた人間は、買い取りの話が出ると、二つ返事で、権利を旭川に売ってしまった。

旭川が買い取った『嬬恋通信』は、土地問題に関して、ルネッサンス土地の肩を持つような記事を掲載し始めた。


〈今や、歴史のある嬬恋村は、完全に二つに分裂してしまっている。このまま一つの村として続けていくのは、そこに住む人たちにとって、大きな不幸であると、いわざるを得ないだろう。

記者は、両側の村人たちに会って、それぞれの話を聞いたが、どの村人も意見は同じだった。

『今の状況では、嬬恋村は、二つに分かれるべきである。古い嬬恋村と、新しい嬬恋村にである』

ほとんどの村人は、こういっているのである〉

この記事の載った『嬬恋通信』は、それまでの部数の十倍近くも刷《す》り上げて、嬬恋村の家一軒一軒に、配られただけではなく、群馬県全体の人たちにも、無料で配布されたのである。

その記事に、いちばん驚いたのは、嬬恋村役場だった。

その時まで、村長も、観光課長も、若い竹田とあずさも、『嬬恋通信』が、旭川修に買い取られていることに、全く気がつかなかったのである。

慌《あわ》てて、村長の名前で、『嬬恋通信』に抗議文を送ったが、もちろん、そんなものはあっさり無視されてしまい、翌日の『嬬恋通信』は、さらに過激になって、

〈もはや嬬恋村は、二つに分かれるべき時が来た〉

と、書き立てた。

記事は、ますます、過激になっていく。

ルネッサンス土地が買い占めた、三分の一のところに住む人たちを「新住民」、そして、その土地を「新地区」と書き、次のように煽《あお》り立てたのだ。

〈新地区に住む人々、すなわち、新住民を調べていくと、旧地区に住む、もともとの嬬恋村の人たちとは、考えが、全く違っていることが分かった。生活習慣も、異なっているし、何よりも、そこに住む人たちを支えている、電気、ガス、水道などは、隣町の北軽井沢から供給されているのである。

こう考えれば、新地区の土地を、今までのように嬬恋村、あるいは、そこに住む人たちを、嬬恋村民と呼ぶことは、すでに、ナンセンスであり、正確ではない。

そうなると、新嬬恋村という名称も、わざとらしくなる。

そこで、一つの、提言をしたい。

新地区に住む人々、そして、その土地は、今や、長野原町北軽井沢と、合併して、北軽井沢を名乗るべきである。それが、もっとも現状にふさわしい解決策であり、それ以外の方法は、ないといっても、いいだろう〉

これが、その記事だった。

翌日になると、今度は、ビレッジ北軽井沢と呼ばれる、豪華なマンションの最上階を所有する、梶山代議士までが、記者の取材を受けて、こんな発言をした、と『嬬恋通信』に載ったのである。

〈私が現在、別荘として使っているマンションは、もともとは嬬恋村と呼ばれていたところだが、しかし、今や、はっきりいって、軽井沢である。私も、自分の別荘が、ビレッジ北軽井沢と呼ばれることが嬉《うれ》しいし、人に話す時には、別荘が軽井沢にあるということにしている。そう呼ぶほうが、現状に合っていると思うからである〉

今度は、梶山代議士の言葉に、嬬恋村の村長、観光商工課の課長、そして、竹田とあずさの若い二人が、ショックを受けた。

なぜなら、梶山は、元自治大臣で、地方自治に関しては、一家言のあるベテラン代議士だと思われていたし、もう一度、保守党が、天下を取れば、次は、幹事長に推《お》されるだろうと、いわれている。それほどの、力のある人間だったからである。

村長は、職員を村長室に集めて、叱咤激励《しったげきれい》した。

「今や、嬬恋村始まって以来の、危機といっていい。この歴史ある嬬恋村の三分の一が、新嬬恋村と、呼ばれるようになったり、北軽井沢と、合併してしまったりしたら、この嬬恋村は、もはや、死んだのと同じである。この暴挙を、何としてでも、阻止《そし》しなければならない。とにかく、この不正と、最後まで、全員で戦ってほしい」

村長の叱咤激励の後で、観光商工課長の高木は、竹田とあずさの二人を、自分の部屋に呼んで、今度は、課長自らが、二人に、ハッパをかけた。

「今や、私たちの生まれ故郷、嬬恋村が、よそ者たちの手によって、好き勝手に、切り取られようとしているのだ。村長がいっていたように、まぎれもなく、嬬恋村の危機だ。古い人間では、ダメだから、私は、君たちの若さに、期待している。何とかして、君たちの力で、この危機を、防いでくれ。お願いするぞ」

3

竹田とあずさの二人は、村役場を飛び出すと、行きつけの喫茶店に入って、ケーキ二つとコーヒーを二つ、注文した。

「まず、甘いものを食べて、頭を活性化しなきゃね」

と、あずさが、いった。

二人は、運ばれてきたケーキを、むしゃむしゃと食べ、コーヒーを、飲んだ。

「今や、わが嬬恋村は、どう見ても不利な状況ね。このままでいったら、相手の思うがままだわ」

と、あずさが、いった。

「ああ、めちゃくちゃ不利だよ。今のところ、いいように、やられている」

竹田が、吐き捨てるように、いった。

「嬬恋の土地が、買い占められても、まさか、こんなふうに使われるとは思ってもいなかったし、『嬬恋通信』が、敵側に買い取られてしまっていたことも、知らなかった。どれを取っても、こっち側の人間は、あまりにも人がよすぎて、やることが全て、後手後手に、回っているんだよ」

「それじゃあ、これからは、負け戦が続くだけなの？」

「ああ、そうだ。このまま手をこまねいていたら、完全に、こっちの負けだよ。慌てても仕方がないから、ここは一休みして、冷静に、考えてみようじゃないか」

「考えるって何を？」

「何もかも、全て、こっちのマイナスばかりかどうかをだよ。向こうにも、何かミスがなかったか、それを冷静に考えてみるんだ、もし、相手に、何かミスがあれば、そこを突っ込めば、何とか盛り返すことができるかもしれないじゃないか」

「さあ、それは、どうかしらね。向こうはミスなんか、何も、していないんじゃないかしら？　悔しいけど、どう見たって、こっちの一方的な負けよ。中野由美と名乗った女性が殺されて、キャベツ畑に埋められていた時には、何てバカなことをするのかしらと、思っていたけど、犯人が名乗り出てきて、あの事件は、もう、片付いてしまったし、結果的には、嬬恋村の土地のイメージが、悪くなって、安く買い叩《たた》かれてしまったんだから。あれだって向こうにとっては失敗ではなくて、大成功だったわけよ」

「しかし、同じ中野由美という女が、東京でも殺されていた。向こうの殺人事件は、まだ解決していないんだ」

と、竹田が、いった。

「それだって、そのうちに、犯人と称する人間が名乗り出てきて、事件は、解決してしまうわ。こちらの事件と、同じようにね。向こうは、そんな人間を、いくらでも、用意できるのよ。何しろ、人材派遣会社が、仲間になっているんだから」

「たしかに、そうするつもりかも、しれない。だがね、それなら、なぜ、東京の事件で、もっと早く犯人が名乗り出てこないのだろう？　今、君がいったように、いくらでも、人間がいるというのにね」

と、竹田が、いった。

しかし、世田谷のマンションで死んだ、中野由美の捜査は、警視庁捜査一課が、やっていることで、それに対して、群馬県の村役場の若い二人が、ハッパをかけたりするのは、難しいだろう。

「もし、僕たちに、もっと大きな力が、与えられていたら、何とかなるかもしれないのにさ」

竹田が、悔しそうに、舌打ちした。

「ねえ、いっそのこと、村長には黙って、二人で東京に行って、直接、問題の事件の捜査に当たっている、十津川さんに、会ってみたらどうかしら？」

あずさが、いった。

「そうだな、それもいいかもしれない。来週にでも、東京に行って、十津川さんに相談してみるか」

と、竹田が、いった。

しかし、翌日になると、そんな悠長《ゆうちょう》なことを、いっていられないような状況が、起きた。問題の『嬬恋通信』に、次のような記事が、載ったのである。

〈今や、嬬恋村は、完全に、二つに分裂してしまっている。旧嬬恋村と、新嬬恋村とにである。

そこで、新嬬恋村の誕生を、必要としている人たちが、現在の、嬬恋村村長に、要望書を提出した。だが、現在の村長は、優柔不断を絵に描いたような人で、将来、嬬恋村が、どのように、発展したらいいのかという計画さえ、持っていない人である。

ただただ、今の嬬恋村を、絶対に、分裂させてはならない。それだけのことしか、いえないことに、新嬬恋村の誕生を、必要としている人たちが、深い悲しみと義憤《ぎふん》を感じたとしても、不思議はない。

そこで、このままではいけないと考えた、新嬬恋村の代表者が、

『このままでは、嬬恋村はダメになってしまう。そこで、現嬬恋村村長を、勇退させるように、ぜひ、取り計らっていただきたい』

という要望書を、村役場に、提出したのである。

もちろん、今の村長は、その提案を即座に却下した〉

この記事が出た直後に、今度は、ルネッサンス土地が、というより、その背後にいる、日本再生事業団の旭川理事長が、動いた。知り合いの保守党の政治家たちを使って、「現在の嬬恋村村長は、能力もないのに、村長の椅子にしがみついている。こういう人間は、一刻も早く排除しなければならない」と、圧力をかけ始めたのである。

嬬恋村の大久保《おおくぼ》村長は、もともと、保守系である。だから、保守党に何人もの知り合いがいたし、保守党を、支持していた。

その村長に対して、彼が尊敬している、何人もの保守系の政治家が、電話をかけてきたり、秘書を大久保村長に会わせて、説得したりし始めたのである。

大久保村長の顔色が、日増しに悪くなり、元気がなくなっていくのが、はたから見ていても、よく分かった。

このままいったら、自ら勇退の道を選ばなくても、たぶん一カ月以内にノイローゼになって、それが原因で、村長を辞《や》めなければならなくなるかもしれない。そう見る人が多くなった。

それでも、当の、大久保村長自身は、あくまでも強気に、

「もし、このまま自分が、村長を辞めるようなことがあったら、嬬恋村は、乗っ取られてしまう。そうなれば、相手の、思うツボである。だから、自分は、たとえどんなことがあっても、村長を辞めない。自分の命と引き換えにしてでも、村を守る覚悟だ」

と、いっていたのである。

ところが、大久保村長は、任期をあと二年残して、突然、辞表を、提出してしまったのである。

これは、大久保村長側にとって、いわば、最後の捨て身の抵抗だった。こうなると、五十日以内に、村長選挙を、実施しなければならなくなるからである。

村長選挙の日程が決まると、大久保村長側は、新しい村長候補を、擁立《ようりつ》した。大久保の遠い親戚《しんせき》に当たる、白井豊《しらいゆたか》で、年齢は四十五歳と若いが、人望もあり、村では、人気のある男だった。

集まった新聞記者の前で、白井は、早々と、二つの公約を、発表した。一つは、新嬬恋村は、絶対に認めない。もう一つは、嬬恋村は、永遠に、一つであり、今後も変わることなく、嬬恋村を守っていくと主張した。

村長選挙の公約としては、いかにも、地味なものだったが、そこには、絶対に、嬬恋村は一つであり、分裂を策するような人間は、絶対に、許すことができないという、強い決意が示されていた。

土地の広さを比《くら》べても、こちらは三分の二だし、向こうは、三分の一でしかない。有権者の数だって、こちらのほうが、はるかに、多いのだ。

向こうの陣営が、はたして、どんな人間を、村長候補者として擁立してくるかは、まだ分かっていないが、たとえ、どんな人間が出てこようとも、土地の広さでも人口でも、はるかにこちらのほうが多いのだから、絶対に、負けるようなことはないはずだと見た。

もし、新しい村長に、決まったら、選挙の前に、嬬恋村は一つであり、新嬬恋村などは認めないと、発表しているから、これで、少しは安心できるだろうと、観光商工課長が、いった。

たしかに、観光商工課長のいう通りだと、竹田もあずさも、思った。

現在、嬬恋村の土地は、三分の一を、敵に買収されてしまっているが、三分の二は、元の嬬恋村の土地なのである。

そこに住む人間の数は、はるかに、元の嬬恋村のほうが、多いのだ。だから、選挙になれば、間違いなく、こちらが勝つだろう。

村役場全体が、何となく、勝ちムードになってきたので、竹田とあずさは、安心して、東京に行くことにした。

4

二人が、東京で、まず向かったのは、成城警察署の中に設《もう》けられた、捜査本部だった。

ここは、世田谷区成城のマンションで、何者かに殺された、中野由美の事件の捜査本部である。

（それにしても、捜査本部が、依然として、まだここにあるということは、事件の捜査が、解決に遠いことを示しているのではないのか？）

と、竹田は、思った。

捜査の指揮を執っている、十津川警部は、二人を迎えて、署の近くにある喫茶店に、案内した。

「どうやら、嬬恋村も、いろいろと、大変になっているみたいですね？」

十津川が、席に座るなり、二人に、いった。

「大久保村長が辞任を発表したので、五十日以内に、村長選挙ということになりましたが、その村長選挙で、こちらが勝てば、嬬恋を二分する話も、自然に消えてしまうだろうと思っています。それで、少しは安心できるんですが」

と、竹田が、いった。

「それにしても、大久保村長も、ずいぶんと思い切った決断を、されたものですね。任期だって、あと二年も、残っていたわけでしょう？」

「大久保村長にしてみれば、嬬恋村を守る方法が、ほかに見つからなかったんだと思います。本当に、最後の決断だったと思います」

と、あずさが、いった。

「それにしても、向こうは、どうして、あれほど、執拗《しつよう》に仕掛けてくるんですかね？」

十津川が、きく。

「ルネッサンス土地という会社には、背後に日本再生事業団と、人材派遣会社のジャパン21がいるのは、明らかですが、ルネッサンス土地の名前で、嬬恋村の三分の一の土地を、買い占めてしまったんですよ。ただし、今のままでは、土地は、値上がりしないどころか、莫大《ばくだい》な赤字に、なってしまいます。無理をして買い占めたり、そこにプレハブの住宅を、六十軒以上も建てたり、豪華なマンションまで、建てましたから、このままでは、ルネッサンス土地は、潰れてしまうことにも、なりかねません。しかし、その土地が、嬬恋から、北軽井沢に変われば、少なくとも坪《つぼ》単価で二倍以上、あるいは、五倍前後の値上がりが、期待できると、計算されています。地名が変わっただけで、ルネッサンス土地は、何百億円、あるいは、何千億円もの利益を上げることが、期待できるんですよ。だから、連中は、必死になっているんですよ」

と、竹田が、いった。

5

「ところで、お二人が来られたのは、ここで起きた、殺人事件のことに関連してでしょう?」

途中で合流した、亀井が、きく。

「そうなんです。まだ、容疑者は、浮かんでいないんですか?」

と、竹田が、きいた。

「いや、犯人と名乗る男が、すでに、自首してきていますよ」

と、十津川が、あっさりいった。

竹田も、あずさも、十津川の言葉にビックリして、

「僕たちが、タクシーの中で、焼き殺されかけた、そっちの事件じゃないんですか？」

「いや、世田谷の事件のほうも、犯人が、名乗り出て来ているんです」

と、十津川は、笑って、

「やたらに協力的な犯人でしてね。こちらが何もきかずにいても、向こうから積極的に、殺人の経過を話したりしていますよ」

「しかし、その件について、何の発表もありませんね。犯人が自首してきているなんて、誰も、知らないいんじゃありませんか？」

竹田が、いうと、十津川は、また笑って、

「自首してきた男は、いかにも、作られた犯人という感じがしましてね。一応、自首してきたので、留置はしていますが、われわれは、その男を犯人だとは、全く、思っていないんです。いっていることがどうにも、信じられないのですよ」

と、いった。

「それでは、犯人は、別にいるということですか？」

「その通りです」

「それなら、どうして、逮捕《たいほ》しないんですか？」

「こちらで、この事件の、捜査を続けていくと、どこかで必ず、日本再生事業団の旭川理事長と、ぶつかるんですよ。ただ、そのつながりが、か細いものなので、それで、弱っているんですよ。たぶん、旭川修が、まだ今ほど、有名ではない頃、世田谷区成城のマンションで殺された中野由美と、付き合っていたのではないかと、思っているんです。ところが、その関係を、何とかして、旭川修は、断ち切ろうとしているんですよ。それも、何人もの人間を使い、慎重に、つながりの糸を、一本ずつ切っていますからね。慎重に、調べていくと、旭川修の影が、どうしても、チラつくんですよ。繰り返しますが、彼が有名ではない頃、中野由美と関係があった。そして、彼女は死んだ。旭川修は、そんな昔の女のことなど、忘れてしまいたい。関係がなかったことにしてしまいたい。それで、いろいろな人間を使い、慎重に、女との関係を、証明する糸を、一本ずつ、切っているんですよ。ですから、こちらが、あまり性急に、捜査を進めていくと、二人の関係の糸が、切れてしまう恐れがあるんです」

　と、十津川が、いった。

「世田谷区成城の殺人事件の容疑者は、旭川理事長なんですか？」

あずさが、きいた。

「それは分かりませんが、現在、容疑者としてマークしているのは、別人です。その別人と、旭川理事長とは、どこかで、つながっているはずなんですよ。ただ、二人の間に、じかに糸がつながっているのではなくて、何人もの人間を経《へ》て、つながっているのではないか？　私は、そんなふうに、見ています。今もいったように、そのつながりをうまくたどっていかないと、旭川修までたどり着けなくなる恐れが、あるのです。それで、われわれは、慎重なんです」

「それにしても、今度の事件ほど、奇妙な事件はありませんね」

と、竹田が、いった。

「奇妙？　いったい、どこが奇妙なんですか？」

「ここに来て、やたらに、犯人が、名乗り出てきているじゃありませんか？　嬬恋でも、殺人事件が発生して、殺された女性は、キャベツ畑に、首だけ出して埋められた状態で、発見されました。その犯人も、警察に、名乗り出ているんです。それから、私と、三木あずさが、タクシーの中で、危うく焼き殺されそうになった。この事件の犯人も、名乗り出ているんでしょう？」

「その通りです」

「だったら、やはり、奇妙ですよ。あまりにもおかしい」

「たしかに、一人の男が、名乗り出てきました。その男は、タクシーに火をつけたのは、間違いないが、殺意はなかったと、いっています」

「それに、世田谷区成城のマンションで起きた、殺人事件でも、犯人だという男が、すでに、名乗り出てきているんでしょう？　これから、どうなるんでしょうか。犯人だといっているんだから、送検して、裁判に持っていってもいいんじゃありませんか？」

と、あずさが、いった。

「いや、それはダメですよ」

十津川が、強い調子で、いった。

「どうしてダメなんですか？　自分から警察に出頭してきて、自供しているんですから、起訴されても、おかしくないでしょう？」

「いや、そんなに、簡単なもんじゃありません」

「どう、簡単じゃないんですか？　自供しているのに」

あずさが、首をかしげる。

「嬬恋村でも、犯人だといって、男が自首してきているわけでしょう？　東京でも、すでに、二件の事件について、犯人が、出頭してきています。しかし、殺人事件の、犯人となったら、何年も、場合によれば、十五年以上も、刑務所に入っていなければ、いけないんですよ。そんなことを、簡単に、引き受ける人間がいると思いますか？」

「たしかに、十津川さんのおっしゃる通りですけど」

「それを考えると、犯人として、出頭してきた人間ですが、彼は、事件について、強固なアリバイを持っていると見ているんです。そんな人間を、わざと、犯人として、出頭させているのではないかと、思っています。こちらが喜んで、簡単に起訴して、裁判にまで持っていったら、その時点で、相手は、アリバイを申し立てるに、決まっています。強固なアリバイだから、それを崩すことができなくて、裁判は、こちらが、負けてしまう。相手は、そこまで読んで、犯人だといって出頭していると見ています。われわれを、はぐらかしているんです。それが、向こうの狙《ねら》いですよ」

「もしそうなら、嬬恋村のキャベツ畑で殺されていた女性の事件ですが、男が、自分が殺したと名乗り出てきたので、群馬県警は、男を逮捕しています。十津川さんの話を、聞いていると、同じことじゃないかと、心配になってきますが？」

「私たちも、その件で、同じ心配をしています」

「つまり、喜んで起訴したら、危ないということですね？」

と、あずさが、いう。

「ええ、そうです。たぶん、時間かせぎに、事件について、強固なアリバイを持っている人間を出頭させているんですよ。私は、そう思っています。群馬県警も、それが分かっているから、容易には起訴に踏み切れないんじゃありませんか？」

と、十津川が、いう。

「それなら、いったいどうしたら、いちばんいいと思いますか？」

と、竹田が、きく。

それに対して、十津川は、自信を持って、いった。

「焦《あせ》らずに、じっと待つことだと、私は、思っています。黙って、見ていれば、突然、局面が、変わることが、ありますから。その時に起訴して、裁判に、持っていけばいい。その時になれば、犯人だとして、出頭してきた連中も、自分のアリバイを主張することが、できなくなるはずです」

「それは、どうしてですか？」

「そのアリバイが、自分たちのボスの、旭川修や、ジャパン21の女性社長、長谷川久美子を、追いつめる結果になると、思うからですよ」

6

竹田とあずさの二人は、その日は、東京のホテルに泊まって、翌日、嬬恋村に帰っていった。

村役場の中も、その周辺も、五十日後の村長選挙のことで、騒がしかった。

「相手の候補者は、決まりましたか？」

竹田とあずさが、観光商工課長に、きいた。

「昨日の午後になって、正式に、向こうの候補者が決まったよ。元M大学の、経済学部の教授だったんだが、去年の春に、そこを辞めて、現在は、経営コンサルタントをやっている足立達也《あだちたつや》という五十歳の男だよ。弁も立つし、経営コンサルタントとして、本も書き、テレビにも出ている、なかなかの、切れ者だから、油断のできない相手だ。以前、旭川理事長の秘書もやってた。ただし、投票になれば、こちらのほうが、圧倒的に人数が多いから、そこまで行けば、勝敗は、すでに明らかだ」

と、課長が、いった。

「投票にまで、持っていけば、こちらの、勝利ですね」

竹田が、安心したように、いった。

「それは、間違いない。ところで、君たちは、東京に行っていたらしいが、向こうで、何をしていたんだ?」

「万一の時に、どうしたらいいのか、その答えを、見つけに行ったんです。でも、今の課長のお話で、五十日後の、村長選挙には、間違いなく、こちらが勝つことが、分かりました。そうなれば、いろいろと、悩んでいることが、解消しますね。安心しました」

「ああ、そうだ。ただし、猛烈な買収があるぞ。それに、キャベツの問題もある」

と、課長が、いった。

「キャベツというと——?」

「君も知っての通り、ホテルが、毎年一定量のキャベツを購入する約束があって、農家は喜んでいるが、そのホテルグループの背後には、日本再生事業団の旭川がいることは、はっきりしている」

「そのほうでも、買収の心配がありますね」

「そうだよ」

「最悪の場合に備《そな》えて、最後の切り札があったほうがいいですね」

「それで、最後の切り札というヤツは、東京で、見つかったのかね？」

と、課長が、きく。

「警視庁捜査一課の、十津川警部に会って、いろいろと、話を聞いたんですが、十津川警部の話では、成城の殺人事件と旭川とのつながりは、一応、見つかっているが、扱いが難しいらしいです。慎重にやらないと、犯人につながる糸が、切れてしまう。だから、すぐには、具体的な行動を、取るわけにはいかない。時間はかかるが、それが、明らかになれば、旭川たちも、逮捕できると、十津川警部は、いっていました」

「村長選挙は五十日後だが、その頃までには、今、君がいった、最後の切り札は、本当に、手に入るのかね？」

と、課長が、きく。

「今は、まだ見つかっていませんが、大丈夫です。きっと見つかりますよ」

今度は、あずさが、強い口調で、いった。

第七章　最後の決戦

1

奇妙なというよりも、珍しい選挙ということが、できるだろう。

片方の候補者は、自分が、村長になった暁《あかつき》には、現在、孀恋村の三分の一の土地に住む人々が、孀恋村からの、独立を望んでいるので、その人々のために、孀恋村から独立し、新軽井沢を名乗ることを、第一の公約にしていた。

それに対して、もう一人の候補者は、一部の村民の独立を認めず、今まで通りに歴史と自然の豊かな孀恋村を存続させる。これが公約だった。両者の公約とも奇妙なものだった。

十津川は、東京の捜査本部から、この奇妙な村長選挙を、見守った。

若い刑事が、十津川宛《あ》てに、ファックスが入ったといって、それを持ってきた。発信者は、嬬恋村の例の二人、竹田清志と、三木あずさだった。

〈嬬恋村の村長選挙の現在の様子をお知らせします。

今のところ、われわれの陣営のほうが、相手側よりも村民の数が圧倒的に多いので、正常な投票が行われれば、まず間違いなく、こちらの勝ちになると、見られています。

ただ、向こうの陣営は、勝つためなら、どんなことでもやる連中ですから、選挙の後半になったら、どんな卑劣《ひれつ》なことを、仕掛けてくるか分かりません。私たちには、それが不安で、仕方がないのです。

向こうの、仕掛けた罠《わな》か、策謀によって、万が一、今回の、村長選挙に、私たちが、敗れるようなことがあれば、嬬恋村の三分の一が、失われることになってしまいます。それで、私たちは、万一に備えて、切り札を用意しておきたいと、考えているのですが、これは、十津川さんたちに、お願いするより、仕方がないのです。

私と三木あずさが、その切り札になると思っているのは、東京の、世田谷区成城のマンションで殺された、中野由美という女性の事件です。

嬬恋村のキャベツ畑でも、同名の中野由美という女性が、殺されていますが、こちらはたぶん、ニセモノでしょう。何か理由があって、同じ名前をつけているのです。

こちらの事件は、すでに、犯人だと称する男が、名乗り出てきて、一応、事件は、解決したことになっていますが、これは、村長選挙を狙《ねら》っての、相手方の作戦ではないかと、思っています。

その点、東京の世田谷区で、起きた殺人について、彼らは、あまり多くを、語ろうとしません。それだけ、私たちにとって、選挙の結果を引っくり返せるものだと考えています。ですから、村長選挙の結果が、出るまでに、成城で起きた、殺人事件を解決して、こちらの、切り札になるようにしてくだされば、幸いです〉

ただ、世田谷区成城のマンションの、三〇三号室で殺されていた、中野由美、六十歳の事件についても、すでに、自分がやったという男が、自首してきていた。三浦《みうら》勲《いさお》という、四十八歳、無職の男である。

この男は、十津川の尋問《じんもん》に対して、次のように、自供していた。

「一年前から、同じ成城に住んでいた中野由美を、コンビニなどで、時々、見かけるようになりました。そして、彼女が好きになってしまったのです。そうなると、私は、一直線に、突き進む性格なので、彼女の顔を見かけるたびに、声をかけたり、食事に誘ったりしていました。だが、ほとんど無視されたので、いつしか、ストーカー行為に、走るようになってしまいました。彼女の住むマンションに、押しかけたこともあります。それでも、こちらのいうことを、全く聞いてくれない。それどころか、こちらが、熱を上げれば上げるほど、彼女は、こちらを避けようとしたのです。それで、とうとう、カッとして、彼女を殺してしまったのです」

十津川は、この、三浦勲という男の自供を、信じなかった。

たぶん、三浦勲は、村長選挙が終わるまでの間、警察やマスコミを黙らせるために、出頭させ、自供させるための、替え玉だと見ていた。

おそらく、村長選挙の結果が分かった後、三浦勲は、強力なアリバイを、主張するようになるだろう。そして、釈放《しゃくほう》されてしまう。たぶん、そんなストーリーに、違いなかった。

それでも、十津川は、相手を油断させるため、三浦という男を、一応、留置しておくことにした。実際には、殺された中野由美について、刑事を動員して、彼女の過去や、付き合っていた人間について、徹底的に調べていった。

十津川が、いちばん、知りたかったのは、中野由美と、日本再生事業団の旭川理事長との関係だった。

日本再生事業団は、今まで、人材派遣会社の、ジャパン21と組んで、金になりそうな事業を見つけると、首を突っ込んできた。今回の、奇妙な村長選挙も、おそらく、旭川理事長が、仕組んだに違いないのだ。

したがって、殺された中野由美と旭川の二人には、どこかに接点がなければ、おかしいのである。

十津川は、部下の刑事たちに、ハッパをかけた。

「嬬恋村の、村長選挙の当日までに、中野由美という女性が、どうして、殺されたのか、日本再生事業団の、旭川理事長とは、いったい、どんな関係があったのか、それを、はっきりさせてくれ」

2

中野由美は、北多摩に生まれている。彼女が生まれた当時、彼女の家は、先祖代々の、農家だった。

しかし、ただの、農家ではなかった。五万坪《つぼ》近い広大な田畑を持つ豪農である。

以前は、中野家の周《まわ》りは、全て農地だったが、中野由美が三十歳になる頃には、農業を止めてしまう家が増え、周辺の土地は、どんどん、宅地に変わっていった。

中野由美の家の子供は、女は中野由美一人で、農家をやっていくための、跡継ぎとして、二人の兄がいたが、両親は、農業を放棄し、五万坪の広大な土地は、その後、宅地に変えられ、マンションを建てたり、駐車場を作ったりした。それが成功し、財産を増やしていったが、中野由美が四十八歳になった時、両親が、相次《あいつ》いで死んだ。

広大な土地を売った中から、五億円以上の莫大《ばくだい》な遺産が、中野由美のものになった。

「その後、中野由美は、高級住宅地といわれる、世田谷区成城に建つ、五階建てのマンションの一室、三〇三号室を購入して、そこで、優雅な生活を始めました」

と、西本が、報告した。

「五億円の財産を持った、成城のマンションに住む、独身女性というわけだな？　彼女が亡くなった時、六十歳で独身だったが、一度も、正式な結婚はしなかったのだろうか？」

十津川の、その質問には、日下刑事が、答えた。

「一度、結婚したことは、あります。前にも、報告しましたが、三年前に、夫は、死亡しています。ただ、夫が、亡くなった頃から、日本再生事業団の旭川修が、彼女に、近づいてきていることが分かりました。その頃はまだ、日本再生事業団の動きは、それほど、活発ではなくて、旭川修自身も単なる社員の一人でした」

「意識的に近づいていったのか？」

「当時の二人を知る人間の話では、旭川は、やたらに、彼女につくしていたそうです。彼女の車の運転をしたり、買い物につき合ったり」

「彼女のほうは、どうだったんだ？」

と、十津川が、きいた。

「中野由美は、あまりにも莫大な個人資産を持っているので、しばらくは、独身生活を、楽しもうと思っていたのかも、しれません。そこへ、旭川修が、近づいていったわけです。今もいったように、旭川修は、日本再生事業団に、入ってはいましたが、ただの平社員にすぎませんでした。ただ、その頃から、ホラ吹きで、野心家だったと、当時の仲間は、口を揃《そろ》えて証言しています」

「旭川は、何のために、中野由美に近づいていったんだ？　まさか、日本再生事業団に、入社させようとしたわけじゃ、ないだろう？」

十津川が、きくと、日下は、笑って、

「もちろん、そんなことは、全く、ありません。旭川は、今もいったように、日本再生事業団の社員の一人にしかすぎませんし、また、当時の事業団は、ほとんど、活動らしい活動をしていません。そこで、旭川自身は、アルバイトを、始めたわけです」

「どんな、アルバイトだ？」

「経営コンサルタントを、名乗ったり、旭川ファンドを自称したりして、金儲《かねもう》けのアルバイトです。もちろん、ファンドといっても、実質的には、旭川一人で、肝心《かんじん》の活動資金は、ほとんど持っていなかったようです。そこで、旭川は、資産家の、特に、女性を騙《だま》して、儲け話を持っていき、まとまった金を、出資させる。そんな方法で、金を集めていたのです。五億円の、個人資産を持っている、独身の、中野由美は、旭川から見れば、絶好のターゲットだったようです。旭川が、彼女を、見逃すはずはありません。言葉巧《たく》みに、彼女に、近づいていったのでは、ないでしょうか」

日下が、いい、続けて、西本が、

「その頃の旭川修を知る人間に、いわせると、とにかく、口がうまかったそうです。彼が持ってくる儲け話、特に、さまざまな事業への投資話は、全部いいかげんな、いわば、デタラメな話だったようですが、そんな話を、ちらつかせながら、金を引き出させるのがうまかった。あいつは、生まれながらの、詐欺師《さぎし》だと、友人たちは、いっています」

「それで、中野由美は、旭川の話に、のったのか？」

十津川が、きくと、これには、北条早苗刑事が、答えた。

「最初のうち、中野由美は、用心して、旭川の話には、のらなかったようです。あの人は、口がうますぎるから、あまり信用できないとか、おいしい話すぎるから、きっと、ウソに決まっている。そんなことを、友人や知人に、いっていたそうですから。しかし、そのうちに、中野由美の様子が、次第におかしくなってきたと、いっています。何があったのかは、分からないが、旭川の話を、信用するようになって、彼にいわれるままに、出資するようになっていったというのです。最初は、十万単位で、旭川の持ってくる儲け話に、出資していたようですが、それが百万になり、一千万円、二千万円と、まとまった金額を、出資するようになっていったそうです」

「しかしだね、その頃の旭川修という男は、デタラメな、儲け話を持ってきて、相手を騙していたんだろう？　そんな男の話を、どうして、中野由美は、急に信じるようになったのかね？」

「これは、二人にとって、幸運だったのですが、日本再生事業団の事業が、順調に動くようになってきたんです。日本再生事業団というのは、いかにももっともらしいその名前から、半官半民の団体だと、思われがちですが、これは、純粋な民間会社です」

北条早苗とコンビを組む、三田村刑事が、早苗に代わって、十津川に、説明した。

「民間会社ですから、主導権を握る者がいれば、その人間が、事業団の理事長にも、なれるわけです。中野由美に莫大な出資をさせておいて、その金で、旭川は、日本再生事業団の中で、どんどん出世していったと思われます。日本再生事業団は、民間会社ですし、ある意味、ベンチャー企業ですから、金を持っている者が、事業団の、主導権を握っていくのは、しごく、当たり前の話なんです。旭川修が、日本再生事業団の、幹部になり、理事長に、なれたのは、彼の才能というよりも、彼を見込んで、彼に注《そそ》ぎ込んだ、中野由美の資金が、あったからだと考える人が、多いですね。数億円という、とんでもない、金額ですからね。それだけの大金があれば、その金を、利用して、日本再生事業団の、幹部にもなれるし、理事長になるのも、さほど難しいことではなかったと、思います。一方、中野由美のほうも、旭川修が、日本再生事業団の中で、のし上がっていくのを見て、今までの警戒心が、すっかり消えて、喜んで、旭川のために、金を出したと、思われます」

「それで、二人の関係は、どうなって、いったんだ？」

十津川が、きいた。

「旭川という男は、なかなかの、美男子で、恰幅《かっぷく》もいいし、何よりも、口が、うまいですからね。中野由美に対して、結婚しよう、日本再生事業団の、理事長夫人として、自分を助けてくれ、みたいな甘いことを、いっていたんじゃないかと思います」

「たしかに、あの旭川なら、そんなことを、平気で、いいそうだな」

「中野由美は、旭川修に、いわれるままに、金をつぎ込んでいったと思われます。数億円というのは、大変な、金額ですが、その気になって、一千万円、二千万円と融資をしていけば、あっという間に、なくなってしまいます。ところが、旭川修は、中野由美とは、結婚する気は、全くなかったように、思われます。何しろ、この頃から、旭川修には、人材派遣会社ジャパン21の、社長をやっている、長谷川久美子という女が、いましたから。この長谷川久美子のことは、警部も、知っておられると思いますが、なかなかの、美人です。旭川の関心は、もっぱら、長谷川久美子のほうに、あったと思います。それに比《くら》べて、中野由美という女性は、全体的に地味で、大人しい感じの、印象を受けます。何事も、派手好みの旭川修の趣味には、合わない女性だったと、思われます」

「中野由美殺しの件について、何か、分かったことはないか？」

十津川が、刑事たちの顔を見回した。十津川のその質問に対して、亀井刑事が、代表して答えた。

「今、西本刑事や、北条刑事が、警部に、報告したように、旭川にとって、中野由美は、いわば、金の卵を産むガチョウだったのではないでしょうか？　旭川が、中野由美の、女性としての魅力に惹《ひ》かれて、付き合っていたとは、私には、とても、思えません。何しろ、彼が動く時、彼のそばに一緒にいたのは、人材派遣会社ジャパン21の、長谷川社長でしたから。女性というのは敏感ですから、中野由美も、自分が、旭川に、いいようにあしらわれていることに、気がついていたのでは、ありませんか。いくら、金を出しても、自分を、日本再生事業団の、理事長夫人になどしないことが、分かってきたんだと思います。旭川に対して、失望しただけではなく、彼を憎むようになったと、思いますね。そうなると、彼女の存在が、旭川にとっては、脅威になってきてしまう。そこで、旭川は、中野由美の口を、封じてしまったんですよ。旭川は、ジャパン21の長谷川社長と組んで、いわゆる、土地転《ころ》がし、正確には、嬬恋村の安い土地を、大量に買い占《し》めて、その土地を北軽井沢の名称に変えて、大儲けをする、そんな計画を立てて、実行に移していましたから、中野由美が、騒ぎ出して、自分たちのやっていることが、自分たちの計画より早く、公《おおやけ》になったら、厄介《やっかい》なことになる。そう思って、中野由美の口を、封じたのだと思います」

「その、嬬恋村の土地の買収なんだが、同じ名前の、中野由美という女が、上田幸男という男と組んで、土地の買い占めに、奔走《ほんそう》していた。なぜ、女の名前を、中野由美にしたんだろう？」

十津川が、きく。

「これは、あくまでも推測ですが、よろしいですか？」

亀井が、いう。

「話してくれ」

「旭川は、中野由美を、口封じに、殺しましたが、この事件が公になって、警察が動き出すのは困ると思ったのではないでしょうか？　それで、中野由美のことは、隠しておいて、彼女が、健在であることを示すために、ニセモノを使って、嬬恋村の土地の買い占めに、当たらせていたんだと、思っています」

「たしかに、その考えは、当たっているかもしれないな」

と、十津川は、いってから、

「自首してきた、三浦じゃなくて、旭川が、中野由美を殺したという、証拠が、欲しいんだ。もちろん、直接、手を下したのが、旭川ではなくても、彼が、誰かに依頼して、中野由美を殺させたということが分かればいい。嬬恋村の、村長選挙が終わるまでに、何とか、実際の犯人と、中野由美を殺した証拠を、つかんでくれ」

と、刑事たちに、いった。

3

今や、嬬恋村は、村長選挙一色に染まってしまった。

こちらの候補者は、相手の土地に、入って、選挙運動をする。

逆に、向こうの候補者は、こちらの領域に入ってきて、選挙運動をすることは、なかった。

二人の村長候補者は、顔を合わせることがないままに、投票日が、近づいてくる。

嬬恋村役場の竹田と三木あずさは、観光商工課の課長と三人で、時間があると、選挙結果を占っていた。

「このままでいけば、こちらの候補者の、圧勝ですね」

竹田が、いった。

「たしかに、両陣営の住民の数を比べれば、こちらの有権者が、圧倒的に多いから、棄権しない限り、こちらの候補者が、当選するはずだ」

と、課長も、いった。

それでも、何となく、二人が、不安げに見えたらしく、あずさが、

「でも、心配なんでしょう?」

と、いうと、竹田が、小さくうなずいて、

「たしかに、心配だよ。何しろ、相手が相手だからね。いざとなったら、何が起こるか、分からないよ」

課長も、うなずいて、

「たしかに、そうだな。向こうの候補者の、後ろには、日本再生事業団の、旭川理事長がついているし、怪しげな、人材派遣会社の女社長もついているから、劣勢と分かったら、何をやるか分からないぞ」

「敵は、いったい、どんな手を、打ってくるのかしら?」

あずさが、いう。

「それが分からないから、逆に怖《こわ》いんだ」

と、竹田が、いった。

三人が、いくら、膝《ひざ》を突き合わせても、敵側の動きは、全く、予想できなかった。

4

投票日の一週間前になって、突然、こちら側の立候補者について、妙なウワサが、流れ始めた。

候補者の白井豊は、もちろん、嬬恋村の、生まれで、結婚して、現在も嬬恋村に住んでいる。

ただ、大学は東京のS大を出ていて、その四年間は、東京のマンションで、一人暮らしをしていた。大学三年生の時、白井豊は、当時付き合っていた女性と、ケンカをしてカッとなり、相手を突き飛ばし、一カ月の重傷を、負わせたというのである。

前科には、ならなかったが、女性のほうは、右腕と右足を骨折する、大ケガをして、一カ月間入院していた。

その女性と両親は、白井を、告訴するといったのだが、白井が大学に入学するに際して、彼の保証人になった、大阪《おおさか》の親戚の叔父が、相手の、入院中の治療費を、全額払い、また、彼女が退院した後は、分割で、五千万円もの慰謝料を払うことにして、示談にしてもらったということがあった。

白井候補は、立候補の時、記者会見で「女性を大事にする、女性の役目は大きい」

と、喋《しゃべ》っているが、こんな事件のことが分かれば、いやでも、公約が、嘘《うそ》に聞こえてくる。

その時に負傷した女性は、今も右足が完治せず、足を引きずるようにして歩いている。また、五千万円の慰謝料だが、途中で逃げられて、結局、三千万円しか支払われていない。そんなウワサが、ドッと、流れてきたのである。

新聞記者も集まってくる。白井候補は、必死になって、弁明した。

「たしかに、事件は、自分が起こしたことで、事実です。まだ、大学三年の頃で、自分の考えが、甘かったと、反省しています。五千万円の慰謝料を、三千万円に値切ったというのは、こちらからそうしたことではありません。負傷した女性が退院して、傷も治ってきたので、五千万もの慰謝料は、申し訳ないから、三千万円で結構だと、先方からいわれたので、その通りにしたのであって、こちらから値切ったのでは、ありません。それから、今も、女性の右足が、完治しておらず、歩行が不自由だということは、全く知りませんでした。完全に治ったと、聞いていたからです」

白井候補は、必死に弁明したのだが、この事件のことが、新聞に大きく出てしまい、優位だった形勢が、たちまち、不利になってきた。嬬恋村に住む女性たちの間で、白井候補の悪口が、ささやかれ始めるように、なったからである。

「まずいなあ」

観光商工課の課長が、若い二人に向かって、いった。

村の女性たちは、

「女性を、大事にするといっていたのに、白井候補には、失望させられたわ。でも、相手の候補者には、投票したくない。だから、投票日には棄権することにしたわ」

そんなことをいう女性が、たくさん出てきたのだ。

「こうなってくると、数でも、負けるかもしれないぞ」

課長が、大声で、わめく。

「しかし、白井候補は、立派な人なんでしょう?」

と、あずさが、いう。

「ああ、たしかに、白井さんという人は、なかなか、立派な人物だよ。頭だって、切れるしね。村長になったら、ぜひやりたいことがあると、いってるんだ。買い占められた土地をどうするか、村長になったら、人を驚かせるようなことをやってみせると、白井さんは、いっていたんだ。それを楽しみにしていたんだよ」

と、課長が、いった。

そして、投票日がやって来た。

5

投票日のこの日は、朝から、あいにくの、雨になった。

「ますます、まずいな」

竹田が、あずさに、いう。

「どうして、雨がまずいの？」

「向こうの陣営は、今回の選挙に勝てば、大金が儲かると、思っているから、こんな雨でも、絶対に投票に行くだろう。こちらのほうはとなると、そうはいかない。白井候補の、例の悪いウワサが流れたので、女性たちは、投票には、行かないといっているし、この雨で、さらに、行かなくなってしまうかもしれない。だから、まずいといったんだ」

と、竹田が、いった。

午前七時、雨の中で、投票が始まった。

竹田は、朝早く、投票を済ませてから、十津川に、電話をかけた。

電話口に、十津川が出ると、竹田は、いきなり、

「例の切り札、見つかりましたか？」

と、きいた。

「もう少し待ってくれ」

と、十津川は、いってから、

「それより、そちらの、形勢はどうなんだ？　勝てそうか？」

「ちょっと、まずい雲行きですね。たぶん、こちらの候補が、負けますね」

「例のウワサのせいか？」

「あのウワサが、出てから、嬬恋村の女性たちが、こちらの白井候補には投票しないと、いい出しましてね。それに、こちらは、朝から、雨になっていますから、ひょっとすると、女性は、一人も投票しないのではないかと、思います。そうなれば、こちらの負けです」

竹田が、いった。

「そうか、女は怖いな」

「ですから、お願いしておいた切り札が、欲しいのです」

「今日の選挙の結果が分かるのは、何時頃だ？」

と、十津川が、きいた。

「仮に、女性が投票しなくても、接戦にはなると思っているんです。ですから、おそらく、今晩遅くじゃないですかね、結果が、判明するのは」

と、竹田が、いった。

「分かった」

とだけ、十津川が、いった。

6

竹田の思った通り、選挙は、かなりの接戦になった。本来なら、もっと早く、敗北が決まっていたかも、しれないのだが、白井候補の形勢が、不利だというウワサが立って、投票に行くのは止めるといっていた、女性の中に、慌《あわ》てて、投票に行った人が、何人か、いたからである。

それでも、夜遅くには、投票の結果が明らかになった。

わずか、十二票の差で、敵方の候補者が、当選してしまったのである。

敵方の候補者は、当選が決まると、車に乗って、こちらの土地に、やって来た。

わざわざ、村役場の前に、車を停めると、マイクを使って、役場の中にいた、竹田やあずさたちに向かって、演説を始めた。

「私は、選挙前に、いくつかの公約を、掲《かか》げました。今、当選が決まりましたので、早速《さっそく》公約の実行に取りかかるつもりです。現在の嬬恋村は、いびつな形に、なってしまっています。村人同士が、反目《はんもく》しあっていては、村は、発展いたしません。そこで、私は、公約通り、現在の嬬恋村の三分の一の土地を新嬬恋、いや、新軽井沢に変更するつもりでおります。そうなれば、嬬恋村は、行政上も、人間的にも、あるいは、社会的にもすっきりするはずです。明日から、早速、この公約の実行に、取りかかりますので、村役場の方々も、ぜひ、協力していただきたい。何卒《なにとぞ》、よろしくお願いします」

その時、突然、パトカーが、二台、敵方の候補者の乗った車に、近づいてきた。

奇妙なことに、二台のパトカーには、群馬県警の名前と、東京の、警視庁の名前があった。

警視庁のパトカーから、降りてきたのは、十津川警部と、亀井刑事だった。二人は、候補者の車に近づくと、まず、警察手帳を、見せてから、逮捕令状を、突きつけた。

「日本再生事業団の旭川修理事長と、以前、旭川理事長の秘書をやっていた、あなたの二人を、東京都世田谷区成城のマンションにおいて、中野由美を殺害した容疑で、逮捕する」

役場の外が、騒然となった。役場の中から、職員が飛び出してきた。その中には、竹田と三木あずさも、いた。

その二人の目の前で、敵方の候補者が、手錠をかけられ、警視庁のパトカーに、乗せられていった。

その光景を見て、竹田が、思わず、

「十津川さん」

と、呼んだ。

十津川が、黙って振り向くと、

「切り札、間に合ったんですね」

と、竹田が、いった。

7

　結局、いろいろあったが、こちら側の、白井候補が、嬬恋村の、新しい村長になった。

　相手方の候補者と、日本再生事業団の旭川理事長が、殺人容疑で、逮捕されてしまったので、嬬恋村の、三分の一の土地を買い占めたグループと、そこで働く社員たちの間に、大きな亀裂が生まれた。こうなると、買い占めた土地の値上がりは、期待できなくなったからである。

　買い占めた嬬恋村の土地が、北軽井沢に変わる可能性が、ゼロになっただけではない。

　値上げを期待して買い占めた土地は、どうしても、時価より高く買っているから、それだけでも、赤字である。人材派遣会社ジャパン21を使って、にわか村民を作って、住まわせたから、その人たちの手当てもしなければならない。

　彼らは、仮の村民だから、地元に定職を持っていない。だから、仕事を与える必要があるのだが、もともと、他人の土地である。おいそれと、仕事が見つかるはずがないし、といって、解散させてしまうと、彼らを入れるために作った六十軒のプレハブが、空き家になってしまうのだ。

「音《ね》をあげて、そろそろ、取引に、やってくるぞ」

と、竹田が、嬉《うれ》しそうに、いった。

「誰が来ると思う？」

あずさが、きく。彼女も嬉しそうだ。

「日本再生事業団の旭川理事長は、警察に捕まってるから、理事かな。それに、旭川の片腕のジャパン21の女社長も、来るんじゃないか」

「何を頼みに来るのかしら？」

「まず、買い占めた土地を、何とか買い戻してくれと泣きつくだろうね。何しろ、高く買ってるから、持っているだけでも、損失になるからね」

「いい気味」

「ただ、うちの新しい村長が、相手をするんだろうが、大丈夫かな？　頭は切れると聞いたんだが」

「でも、女には弱いらしいわよ」

二人は、一斉に、新しい白井村長に、目をやった。

翌日、日本再生事業団の副理事長と、ジャパン21の長谷川久美子社長が、揃《そろ》って嬉恋村の役場にやって来た。

新しい村長になった白井に向かって、二人は、

「このままでは、われわれは、銀行からの、借入金の返済が、できなくなってしまいます。何とか、われわれの持っている土地を、買い上げていただきたい」

と、いって、深々と、頭を下げた。

「いいでしょう」

と、あっさり、白井村長が、いった。

その答えに、二人は、びっくりした。

「本当ですか。ありがとうございます。それで、できれば、私たちが買った値段で、買っていただきたいのですが」

と、ジャパン21の、長谷川久美子社長が、いった。

「分かりました。それも結構ですよ」

と、今度もあっさりと、白井村長は、承諾した。その会話を聞いていた竹田とあずさが、村長を睨《にら》んだ。

（甘すぎるんじゃないか）

白井村長は、嬬恋村の地図を持ち出し、その地図をテーブルの上に広げた。

「これを見てください。この嬬恋村と北軽井沢の境がありますよね？　この境界線に沿《そ》って、幅十メートルで、あなた方の土地を買い取りましょう」

と、白井が、いった。

「幅十メートルですって」

と、長谷川久美子が、目をむいた。

日本再生事業団の副理事長は、

「これを全部合わせても、われわれが買い取った、土地の全体から見れば、四分の一にもなりません。どうして、全部、買ってくださらないんですか？」

「ご不満ですか？　もし、ご納得いただけないようでしたら、帰っていただいて、結構ですが」

白井が、いった。

二人は、顔を見合わせて、何か小声で、相談していたが、

「分かりました。いいでしょう。とにかく、これだけでも、買っていただきたい。そうしないと、銀行への支払いが、できませんから」

と、副理事長が、いった。

白井村長は、嬬恋村と、北軽井沢の境に沿って、幅十メートルの、元嬬恋村の土地を、買い取り、その代金を、村の事業費から支払った。

選挙後に開かれた、最初の村会議で、白井村長が、報告すると、村議から、批判が続出した。

「村長は、嬬恋村と、北軽井沢の間に、幅十メートルの、緩衝《かんしょう》地帯を作ったというが、これで、全てが、解決したと、思っておられるのですか。この土地は、嬬恋村に、なるわけでしょう？　そうすると、また、誰かが、買い占めて、それを北軽井沢にしようと、企《たくら》みますよ。だとしたら、永久に、土地問題は、解決しないじゃありませんか？」

村会議員の一人が、質問した。

「その通りだ」

と、賛同する村議もいれば、

「村長は何を考えているんだ」

と怒る村議も出てきた。

「ちょっと、待ってください。この買い取った幅十メートルの土地ですが、嬬恋村に編入する気はありません」

と、白井村長が、いって、村議たちを、驚かせた。

「それじゃあ、いったい、どうするつもりなんですか？　北軽井沢のある、長野原町に買い取らせるとでもいうんですか？　しかし、向こうだって、こんな騒動のあった土地を、買うはずがない」

「長野原町に、買ってもらうつもりもないし、嬬恋村に、編入するのでもありません」

と、白井村長が、いった。

「じゃあ、どうするんです？　何か、うまい手でも、あるんですか？」

「この土地は、同じ、群馬県下のA村と続いていますから、A村に、買い取ってもらいます。すでに、A村の村長とは、話がついています。もちろん、われわれが買い取ったのと同じ値段で、A村に、買い取ってもらうことになっています」

と、白井村長が、いった。

「どうして、そんな、面倒くさいことをやったのかね？」

ベテランの村議の一人が、きいた。

白井村長が、ニッコリと笑いながら、答えた。

「いいですか、この新しい地図をよく見てください」

　そういって、白井村長は、新しく作成した嬬恋村の地図を、村議たちに向けて、広げた。

「十メートル幅の土地は、A村になりますから、われわれの嬬恋村が、北軽井沢と接する地点は、一カ所もなくなりました。北軽井沢に近い場所でも、間に、他の村の土地があることになります」

「質問ですが、この地図に、どんな力があるんですか？」

　ベテランの村議が、きく。

「次の私の仕事は、嬬恋村の中なのに、北軽井沢や軽井沢の名前をつけているホテルや、ゴルフクラブに、この地図を見せに行きます。前には、その土地が、北軽井沢につながっているので、つい、北軽井沢や軽井沢の名前を使ってしまったといっていましたが、この地図を見せれば、そんな弁明は通用しないと、分かるはずです。何しろ、北軽井沢のどことも、接していないんですから」

　と、白井村長は、答えてから、

「これで、すっきりしますよ」

　と、つけ加えた。

本書は、徳間書店より二〇一三年一二月新書判で、一五年一〇月文庫判で刊行されました。

なお、本作品はフィクションであり、実在の個人・団体などとは一切関係がありません。

一〇〇字書評

切り取り線

購買動機（新聞、雑誌名を記入するか、あるいは○をつけてください）

□（　　　　　　　　　　）の広告を見て	
□（　　　　　　　　　　）の書評を見て	
□ 知人のすすめで	□ タイトルに惹かれて
□ カバーが良かったから	□ 内容が面白そうだから
□ 好きな作家だから	□ 好きな分野の本だから

・最近、最も感銘を受けた作品名をお書き下さい

・あなたのお好きな作家名をお書き下さい

・その他、ご要望がありましたらお書き下さい

住所	〒				
氏名		職業		年齢	
Eメール	※携帯には配信できません	新刊情報等のメール配信を 希望する・しない			

この本の感想を、編集部までお寄せいただけたらありがたく存じます。今後の企画の参考にさせていただきます。Eメールでも結構です。

いただいた「一〇〇字書評」は、新聞・雑誌等に紹介させていただくことがあります。その場合はお礼として特製図書カードを差し上げます。

前ページの原稿用紙に書評をお書きの上、切り取り、左記までお送り下さい。宛先の住所は不要です。

なお、ご記入いただいたお名前、ご住所等は、書評紹介の事前了解、謝礼のお届けのためだけに利用し、そのほかの目的のために利用することはありません。

〒一〇一－八七〇一
祥伝社文庫編集長　坂口芳和
電話　〇三（三二六五）二〇八〇

祥伝社ホームページの「ブックレビュー」からも、書き込めます。
http://www.shodensha.co.jp/bookreview

祥伝社文庫

北軽井沢《きたかるいざわ》に消《き》えた女《おんな》　嬬恋《つまごい》とキャベツと死体《したい》

令和 2 年 3 月 20 日　初版第 1 刷発行

著　者　西村《にしむら》 京太郎《きようたろう》

発行者　辻　浩明

発行所　祥伝社《しようでんしや》

東京都千代田区神田神保町 3-3
〒 101-8701
電話　03（3265）2081（販売部）
電話　03（3265）2080（編集部）
電話　03（3265）3622（業務部）
http://www.shodensha.co.jp

印刷所　堀内印刷
製本所　積信堂
カバーフォーマットデザイン　芥 陽子

本書の無断複写は著作権法上での例外を除き禁じられています。また、代行業者など購入者以外の第三者による電子データ化及び電子書籍化は、たとえ個人や家庭内での利用でも著作権法違反です。
造本には十分注意しておりますが、万一、落丁・乱丁などの不良品がありましたら、「業務部」あてにお送り下さい。送料小社負担にてお取り替えいたします。ただし、古書店で購入されたものについてはお取り替え出来ません。

Printed in Japan ©2020, Kyōtarō Nishimura ISBN978-4-396-34610-2 C0193

十津川警部、湯河原に事件です

Nishimura Kyotaro Museum

西村京太郎記念館

1階 茶房にしむら

サイン入りカップをお持ち帰りできる
京太郎コーヒーや、ケーキ、軽食がございます。

2階 展示ルーム

見る、聞く、感じるミステリー劇場。
小説を飛び出した三次元の最新作で、
西村京太郎の新たな魅力を徹底解明!!

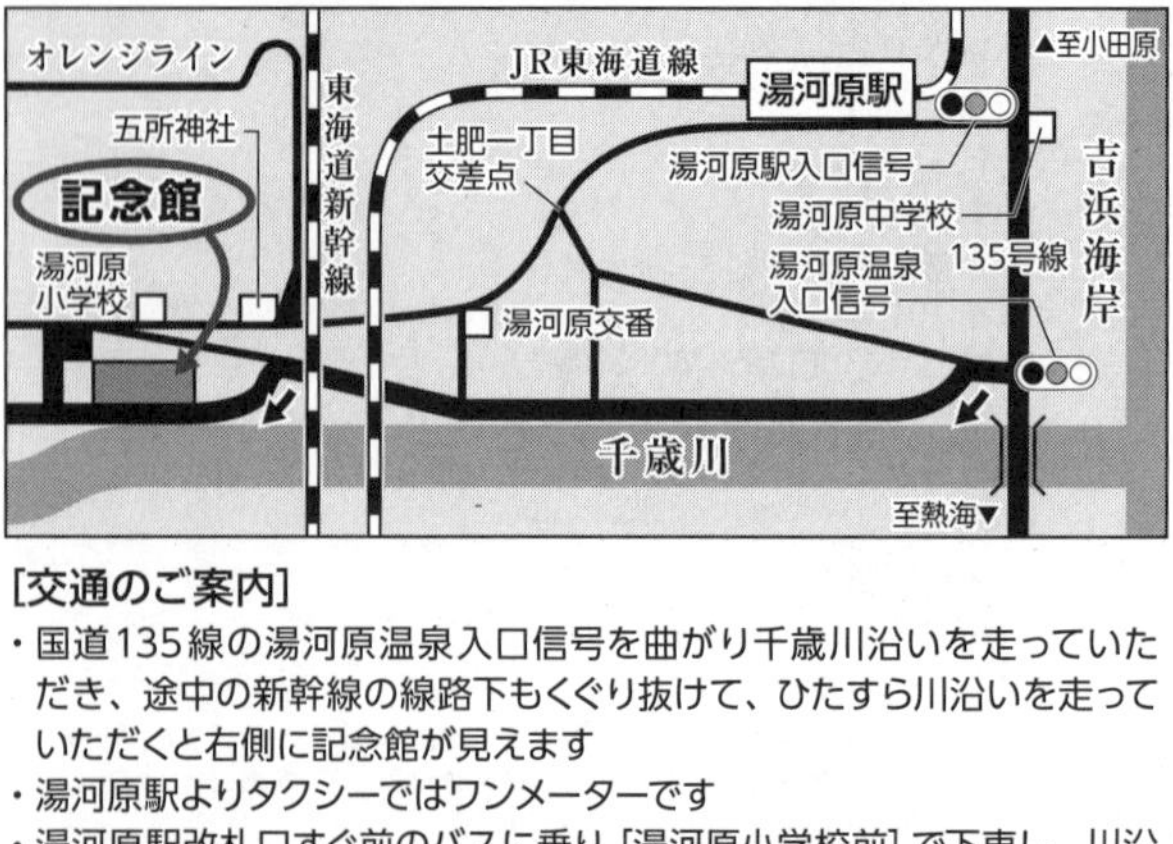

[交通のご案内]

・国道135線の湯河原温泉入口信号を曲がり千歳川沿いを走っていただき、途中の新幹線の線路下もくぐり抜けて、ひたすら川沿いを走っていただくと右側に記念館が見えます
・湯河原駅よりタクシーではワンメーターです
・湯河原駅改札口すぐ前のバスに乗り［湯河原小学校前］で下車し、川沿いの道路に出たら川を下るように歩いていただくと記念館が見えます

●入館料／840円(大人・飲物付)・310円(中・高・大学生)・100円(小学生)
●開館時間／AM9:00 ～ PM4:00 (見学はPM4:30迄)
●休館日／毎週水曜日・木曜日 (休日となるときはその翌日)

〒259-0314 神奈川県湯河原町宮上42-29
TEL:0465-63-1599 FAX:0465-63-1602

西村京太郎ファンクラブのお知らせ

会員特典（年会費2200円）

◆オリジナル会員証の発行
◆西村京太郎記念館の入場料半額
◆年2回の会報誌の発行（4月・10月発行、情報満載です）
◆抽選・各種イベントへの参加（先生との楽しい企画考案中です）
◆新刊・記念館展示物変更等のハガキでのお知らせ（不定期）
◆他、追加予定!!

入会のご案内

■郵便局に備え付けの郵便振替払込金受領証にて、記入方法を参考にして年会費2200円を振込んで下さい　■受領証は保管して下さい　■会員の登録には振込みから約1ヶ月ほどかかります　■特典等の発送は会員登録完了後になります

［記入方法］**1枚目**は下記のとおりに口座番号、金額、加入者名を記入し、そして、払込人住所氏名欄に、ご自分の住所・氏名・電話番号を記入して下さい

郵便振替払込金受領証　窓口払込専用

口座番号	金額	加入者名	料金（消費税込み）	特殊取扱
00230-8-17343	2200	西村京太郎事務局		

2枚目は払込取扱票の通信欄に下記のように記入して下さい

通信欄
(1) 氏名（フリガナ）
(2) 郵便番号（7ケタ）※必ず7桁でご記入下さい
(3) 住所（フリガナ）※必ず都道府県名からご記入下さい
(4) 生年月日（19××年××月××日）
(5) 年齢　(6) 性別　(7) 電話番号

※なお、申し込みは、郵便振替払込金受領証のみとします。
メール・電話での受付は一切致しません。

■お問い合わせ（西村京太郎記念館事務局）
TEL 0465-63-1599

祥伝社文庫の好評既刊

西村京太郎

謀殺《ぼうさつ》の四国ルート

道後《どうご》温泉、四万十川、桂浜《かつらはま》……。続発する怪事件！　十津川は、迫る魔手から女優を守れるか⁉

西村京太郎

生死を分ける転車台

天竜浜名湖鉄道の殺意

鉄道模型の第一人者が刺殺された！　カギは遺されたジオラマに？　十津川は犯人をあぶりだす罠を仕掛ける。

西村京太郎

展望車殺人事件

大井川鉄道の車内で美人乗客が消えた⁉　偶然同乗していた亀井刑事の話から十津川は重大な不審点に気づく。

西村京太郎

十津川警部捜査行

SL「貴婦人号」の犯罪

鉄道模型を売っていた男が殺された。犯人は「SLやまぐち号」最後の運行を見ると踏んだ十津川は山口へ！

西村京太郎

九州新幹線マイナス1

東京、博多、松江――放火殺人、少女消失事件、銀行強盗、トレインジャック！　頭脳犯の大掛かりな罠に挑む！

西村京太郎

夜の脅迫者

迫る脅迫者の影――傲慢《ごうまん》なエリート男を襲った恐怖とは？（「脅迫者」）。ひと味ちがうサスペンス傑作集！

祥伝社文庫の好評既刊

西村京太郎

完全殺人

〈最もすぐれた殺人方法を示した者に大金をやる〉——空《あき》別荘に集められた四人に男は提案した。その真意とは？

西村京太郎

裏切りの特急サンダーバード

〝十一億円用意できなければ、疾走中の特急を爆破する〟——刻限《タイムリミット》迫る中、犯行グループにどう挑む？

西村京太郎

狙《ねら》われた寝台特急「さくら」 新装版

人気列車での殺害予告、消えた二億円、眠りの罠——十津川警部たちを襲う謎、また謎、息づまる緊張の連続！

西村京太郎

伊良湖岬《いらご》 プラスワンの犯罪

姿なきスナイパー・水沼《みずぬま》の次なる標的とは？ 十津川と亀井は、その足取りを追って、伊良湖——南紀白浜へ！

西村京太郎

狙われた男 秋葉《あきば》京介《きょうすけ》探偵事務所

裏切りには容赦をせず、退屈な依頼は引き受けない——。そんな秋葉の探偵物語。表題作ほか全五話。

西村京太郎

十津川警部 哀《かな》しみの吾妻《あがつま》線

長野・静岡・東京で起こった事件の被害者は、みな吾妻線沿線の出身だった——偶然か？ 十津川、上司と対立！

祥伝社文庫の好評既刊

西村京太郎
十津川警部　姨捨《おばすて》駅の証人
亀井は姨捨駅で、ある男を目撃し驚愕した――（表題作より）。十津川警部が四つの難事件に挑む傑作推理集。

西村京太郎
萩・津和野・山口　殺人ライン
高杉晋作《たかすぎしんさく》の幻想
出所した男の手帳には、六人の名前が書かれていた。警戒する捜査陣を嘲笑《あざわら》うように、相次いで殺人事件が！

西村京太郎
十津川警部　七十年後の殺人
二重国籍の老歴史学者。沈黙に秘められた大戦の闇とは？　時を超え、十津川警部の推理が閃く！

西村京太郎
急行奥只見《おくただみ》殺人事件
新潟・浦佐から会津若松への沿線で連続殺人⁉　十津川警部の前に、地元警察の厚い壁が……。

西村京太郎
私を殺しに来た男
十津川警部が、もっとも苦悩した事件とは？　ミステリー第一人者の多彩な魅力が満載の傑作集！

西村京太郎
十津川警部捜査行
恋と哀しみの北の大地
特急おおぞら、急行宗谷、青函連絡船――白い雪に真っ赤な血……旅情あふれる北海道ミステリー作品集！

祥伝社文庫の好評既刊

西村京太郎
特急街道の殺人
謎の女『ミスM』を追え！　魅惑の特急が行き交った北陸本線。越前と富山高岡を結ぶ秘密！

西村京太郎
十津川警部　絹の遺産と上信《じょうしん》電鉄
西本刑事、世界遺産に死す！　捜査一課の若きエースが背負った秘密とは？　そして、慟哭の捜査の行方は？

西村京太郎
出雲《いずも》　殺意の一畑《いちばた》電車
駅長が、白昼、ホームで射殺される理由——山陰の旅情あふれる小さな私鉄で起きた事件に、十津川警部が挑む！

西村京太郎
十津川警部捜査行　愛と殺意の伊豆踊り子ライン
亀井刑事に殺人容疑⁉　十津川警部の右腕、絶体絶命！　人気観光地を題材にしたミステリー作品集。

西村京太郎
火の国から愛と憎しみをこめて
JR最南端の西大山駅で三田村刑事が狙撃された！　発端は女優殺人事件。十津川警部、最強最大の敵に激突！

西村京太郎
十津川警部　わが愛する犬吠の海
ダイイングメッセージは自分の名前⁉　16年前の卒業旅行で男女4人に何が？　十津川は哀切の真相を追って銚子へ！

〈祥伝社文庫　今月の新刊〉

石持浅海
賛美せよ、と成功は言った
成功者となった仲間を祝う席で、恩師を殺させたのは誰？　美しき探偵・碓氷優佳が降臨。

内藤　了
スマイル・ハンター　憑依《ひょうい》作家　雨宮縁《あまみやえにし》
幸福な人々を奈落に堕とし、その表情を集める異常者——犯罪の迷宮を雨宮縁が崩す！

西村京太郎
北軽井沢に消えた女
嬬恋とキャベツと死体
キャベツ畑に女の首⁉　名門リゾート地を騙る開発計画との関係は？　十津川警部が挑む。

山崎洋子
誰にでも、言えなかったことがある
両親の離婚に祖母の入水自殺……。江戸川乱歩賞作家が波乱の人生を綴ったエッセイ。

宮津大蔵
ヅカメン！　お父ちゃんたちの宝塚
池田理代子先生も感動！　夢と希望の宝塚歌劇団を支える男たちを描いた、汗と涙の物語。

鳥羽　亮
仇討双剣《あだうちそうけん》　介錯人・父子斬日譚
殺された父のため——仇討ちを望む幼き旗本の姉弟に、貧乏道場の父子が助太刀す！

野口　卓
木鶏《もっけい》　新・軍鶏《しゃも》侍
齢十四、元服の時。遠く霞む父の背を追い、道場の頂点を目指して、剣友と鎬を削る。